BANDI

ABENTEUER DER WELT

ALEXANDRE DUMAS
DIE DREI MUSKETIERE

BAND I

Weltbild Verlag

Genehmigte Lizenzausgabe für
Weltbild Verlag GmbH, Augsburg 1994

© by Mundus Verlag GmbH, Ratingen
Alle Rechte, auch die der fotomechanischen
Wiedergabe, vorbehalten.
Umschlaggestaltung: Adolf Bachmann, Reischach
Umschlagabbildung: Archiv für Kunst und
Geschichte, Berlin
Gesamtherstellung: Elsnerdruck, Berlin
Printed in Germany
ISBN 3-89350-620-9

INHALTSVERZEICHNIS

BAND I

1. Kapitel
Die drei Geschenke von d'Artagnans Vater 7

2. Kapitel
Die Audienz 23

3. Kapitel
Athos' Schulter, Porthos' Wehrgehenk und Aramis'
Taschentuch 37

4. Kapitel
Die Musketiere des Königs und die Leibwache des
Herrn Kardinals 45

5. Kapitel
Seine Majestät König Ludwig XIII. 58

6. Kapitel
Der Feldzugsplan 80

7. Kapitel
Die Reise 89

8. Kapitel
Die Gräfin Winter 102

9. Kapitel
Der Pavillon 114

10. Kapitel
Mylady 127

11. Kapitel
Von Engländern und Franzosen 136

12. Kapitel
Das Prokuratormahl 145

INHALTSVERZEICHNIS

BAND II

13. Kapitel
Zofe und Herrin 7

14. Kapitel
In der Nacht sind alle Katzen grau 16

15. Kapitel
Myladys Geheimnis 24

16. Kapitel
Eine Erscheinung 32

17. Kapitel
Eine furchtbare Erscheinung 41

18. Kapitel
Die Belagerung von La Rochelle 50

19. Kapitel
Die Bastion Saint-Gervais 62

20. Kapitel
Die Beratung der Musketiere 70

21. Kapitel
Offizier 87

22. Kapitel
Das Kloster der Karmeliterinnen in Bethune 98

23. Kapitel
Zwei Abarten von Teufeln 112

24. Kapitel
Der Tropfen Wasser 116

25. Kapitel
Der Mann im roten Mantel 131

26. Kapitel
Das Gericht 137

27. Kapitel
Die Hinrichtung 145

1. Kapitel

Die drei Geschenke von d'Artagnans Vater

Am ersten Montag des Monats April 1625 schien der Marktflecken Meung in einem so vollständigen Aufruhr begriffen zu sein, als ob die Hugenotten gekommen wären, um ein zweites Rochelle daraus zu machen. Mehrere Bürger beeilten sich, als sie die Frauen die Straßen entlang fliehen sahen und die Kinder auf den Türschwellen schreien hörten, den Küraß umzuschnallen und, ihre etwas unsichere Haltung durch eine Muskete oder eine Hellebarde unterstützend, zum Gasthof „Zur Mühle" zu eilen, vor dem sich von Minute zu Minute anwachsend eine lärmende, neugierige, dichte Gruppe drängte.

Zu dieser Zeit waren schreckhafte Überraschungen häufig, und wenige Tage vergingen, ohne daß die eine oder andere Stadt irgendein Ereignis dieser Art in ihre Archive einzutragen hatte. Da waren einmal die Feudalherren, die unter sich Krieg führten; da war der König, der den Kardinal bekriegte; da war der Spanier, der den König bekriegte. Außer diesen geräuschlosen oder lauten, geheimen oder offenkundigen Kriegen gab es Diebe, Bettler, Hugenotten, Wölfe und Lakaien, die mit aller Welt Krieg führten. Die Bürger bewaffneten sich immer gegen die Diebe, gegen die Wölfe, gegen die Lakaien; häufig gegen die Feudalherren und die Hugenotten – zuweilen gegen den König –, aber nie gegen den Kardinal und den Spanier. Infolge dieser Gewohnheit geschah es, daß die Bürger an diesem Montag, als sie Lärm hörten und weder die gelbroten Standarten noch die Livree des Kardinals Richelieu sahen, zum Gasthof liefen.

Hier angelangt, konnte jeder die Ursache dieses Lärms erschauen und erkennen.

Ein junger Mensch ... entwerfen wir sein Bild mit einem Federzug: Man denke sich Don Quichotte mit achtzehn; Don Quichotte ohne Bruststück, ohne Panzerhemd und ohne Beinschienen, Don Quichotte in einem Wams, dessen blaue Farbe sich in eine unbestimmbare Nuance von Weinhefe und Himmelblau verwandelt hatte. Langes braunes Gesicht, hervorspringende Backenknochen, außerordentlich stark entwickelte Kiefermuskeln, ein untrügliches Zeichen, an dem der Gascogner selbst ohne Baskenmütze zu erkennen ist; das Auge offen und gescheit, die Nase gebogen, aber fein gezeichnet, zu groß für einen Jüngling, zu klein für einen vollständigen Mann, und ein ungeübtes Auge hätte ihn für einen reisenden Pächterssohn gehalten, hätte er nicht den langen Degen getragen, der, an einem ledernen Wehrgehenk befestigt, an die Waden seines Eigentümers schlug.

Unser junger Mann hatte ein Pferd, und dieses Roß war sogar so merkwürdig, daß es erwähnt werden muß. Es war ein Klepper, zwölf bis vierzehn Jahre alt, von gelber Farbe, ohne Haare am Schweif, aber nicht ohne Fesselgeschwüre an den Beinen, ein Tier, das den Kopf im Gehen tiefer hielt als die Knie. Unglücklicherweise waren die geheimen Vorzüge dieses Pferdes so gut unter seiner seltsamen Haut und unter seinem fehlerhaften Gang versteckt, daß in einer Zeit, wo sich jedermann auf Pferde verstand, die Erscheinung der genannten Mähre in Meung ein allgemeines Aufsehen erregte, dessen Ungunst auf den Reiter zurücksprang.

Und dieses Aufsehen war für den jungen d'Artagnan (so hieß dieser junge Don Quichotte) um so peinlicher, als er sich den lächerlichen Anstrich nicht verbergen konnte, den ihm, ein so guter Reiter er auch war, ein solches Pferd gab. Es war ihm nicht unbekannt, daß dieses Tier einen

Wert von höchstens zwanzig Livres hatte; die Worte, von denen das Geschenk begleitet wurde, waren allerdings unschätzbar.

„Mein Sohn", sagte der Vater von d'Artagnan, ein gascognischer Edelmann in dem reinen Patois des Bearn, von dem sich auch der verstorbene König Heinrich IV. nie hatte losmachen können, „mein Sohn, dieses Pferd wurde in dem Haus deines Vaters vor fast dreizehn Jahren geboren. Verkaufe es nie, laß es ruhig und ehrenvoll an Altersschwäche sterben, und wenn du einen Feldzug mit ihm machst, so schone es, wie du einen alten Diener schonen würdest. Am Hof", fuhr d'Artagnans Vater fort, „wenn du die Ehre hast, dahin zu kommen, eine Ehre, auf die wir übrigens aufgrund unseres alten Adels Anspruch machen dürfen, halte würdig deinen Namen als Edelmann aufrecht, der von unseren Ahnen seit fünfhundert Jahren auf eine ruhmvolle Weise geführt worden ist. Dulde nie etwas, außer vom Kardinal und vom König. Durch seinen Mut, höre wohl, nur durch seinen Mut macht ein Edelmann heutzutage sein Glück. Wer eine Sekunde zittert, läßt sich vielleicht den Köder entgehen, den ihm das Glück vielleicht genau in dieser Sekunde bietet. Du bist jung, du mußt aus zwei Gründen tapfer sein: Erstens weil du ein Gascogner und zweitens weil du mein Sohn bist. Fürchte dich nicht vor Auseinandersetzungen und suche die Abenteuer. Ich habe dich den Degen handhaben gelehrt, du besitzt einen festen Stand, eine stählerne Handwurzel. Schlage dich bei jeder Veranlassung, schlage dich um so mehr, als Duelle verboten sind, und weil es deshalb doppelten Mut braucht, sich zu schlagen. Mein Sohn, ich habe dir nur fünfzehn Taler, mein Pferd und die Ratschläge zu geben, die du soeben vernommen hast. Deine Mutter wird das Rezept für einen Balsam beifügen, das sie von einer Zigeunerin erhalten hat, und das die wunderbare Kraft besitzt, jede Wunde zu heilen, die nicht gerade das Herz berührt. Ziehe aus allem den besten Nutzen, lebe glücklich und lange.

Ich habe nur noch ein Wort zu sagen. Ich will dir ein Beispiel nennen, nicht das meinige, denn ich bin nie am Hof erschienen und habe nur die Religionskriege mitgemacht. Ich spreche von Herrn von Treville, der früher mein Nachbar war und die Ehre hatte, als Kind mit unserem jetzigen König Ludwig XIII., den Gott erhalten möge, zu spielen. Manchmal arteten ihre Spiele in Schlachten aus, und bei diesen Schlachten war der König nicht immer der Stärkere. Die Schläge, die er erhielt, flößten ihm große Achtung und Freundschaft für Herrn von Treville ein. Später duellierte Herr von Treville, wo er nur konnte. Nun ist er, allen Edikten und Urteilssprüchen zum Trotz, Kapitän der Musketiere, die der König sehr hoch schätzt und der Kardinal fürchtet, der sich sonst bekanntlich vor nichts fürchtet. Noch mehr, Herr von Treville ist jetzt steinreich, er ist ein sehr vornehmer Herr. – Er hat angefangen wie du, besuche ihn mit diesem Brief und richte dein Verhalten nach seinen Vorschriften ein, damit es dir ergehe wie ihm."

Darauf gab d'Artagnans Vater dem Jüngling seinen eigenen Degen, küßte ihn zärtlich auf beide Wangen und gab ihm seinen Segen.

Am gleichen Tag machte sich der junge Mann auf den Weg, ausgerüstet mit den drei väterlichen Geschenken, die, wie gesagt, aus fünfzehn Talern, dem Pferd und dem Brief an Herrn von Treville bestanden. D'Artagnan nahm jedes Lächeln als Beleidigung und jeden Blick als Herausforderung auf. Demzufolge hielt er seine Faust von Tarbes bis Meung geschlossen und fuhr wenigstens zehnmal am Tag an seinen Degenknauf; die Faust traf indessen keine Kinnbacken, und der Degen kam nicht aus der Scheide. Nicht als ob der Anblick der unglückseligen gelben Mähre nicht oftmals ein Lächeln auf den Gesichtern der Vorübergehenden hervorgerufen hätte, aber da über dem Klepper ein Degen von achtungswerter Größe klirrte und über diesem Degen ein wildes Auge glänzte, so unterdrückten die Vorübergehenden ihre Heiterkeit. D'Artagnan blieb also majestätisch und unverletzt in seiner Empfindlichkeit bis zu dem unseligen Städtchen Meung.

Hier aber, als er an der Tür des „Freimüllers" vom Pferd stieg, ohne daß irgend jemand, Wirt, Kellner oder Hausknecht, erschien, um ihm den Steigbügel zu halten, erblickte d'Artagnan an einem halbgeöffneten Fenster des Erdgeschosses einen Edelmann von gutem Wuchs und vornehmem Aussehen, der mit zwei Personen sprach, die ihm beflissen zuzuhören schienen. D'Artagnan glaubte seiner Gewohnheit gemäß der Gegenstand des Gesprächs zu sein und horchte. Diesmal hatte er sich nur zur Hälfte getäuscht; es war zwar nicht von ihm die Rede, aber von seinem Pferd, dessen Eigenschaften der Edelmann seinen Zuhörern aufzählte, und da diese Zuhörer große Ehrfurcht vor dem Erzähler zu hegen schienen, so brachen sie jeden Augenblick in ein neues schallendes Gelächter aus. Da auch schon ein halbes Lächeln reichte, um den jungen Mann zu reizen, so begreift man leicht, welchen Eindruck eine so geräuschvolle Heiterkeit auf ihn machen mußte.

D'Artagnan heftete seinen Blick voll Stolz auf den Fremden und erkannte in ihm einen Mann von vierzig bis fünfundvierzig Jahren, mit schwarzen, durchdringenden Augen, bleicher Gesichtsfarbe, stark hervortretender Nase und schwarzem, gestutztem Schnurrbart. Er trug ein veilchenblaues Wams und die Hosen in der gleichen Farbe. Dieses Wams und diese Hosen sahen, obwohl neu, doch zerknittert wie nach einer langen Reise aus. D'Artagnan machte alle seine Bemerkungen mit der Geschwindigkeit des schärfsten Beobachters und ohne Zweifel von einem Instinkt angetrieben, der ihm sagte, dieser Fremde müsse einen großen Einfluß auf sein zukünftiges Leben ausüben.

Da nun in dem Moment, wo d'Artagnan sein Auge auf

den Edelmann mit dem veilchenblauen Wams heftete, dieser Herr eine seiner Erläuterungen hinsichtlich der bearnischen Mähre zum besten gab, so brachen seine Zuhörer in ein schallendes Gelächter aus, und er selbst ließ anscheinend gegen seine Gewohnheit ein bleiches Lächeln über sein Gesicht schweben. Diesmal konnte kein Zweifel entstehen, d'Artagnan war wirklich beleidigt. Erfüllt von dieser Überzeugung, drückte er sein Barett tief in die Augen und rückte, indem er sich Mühe gab, einige höfliche Manieren nachzuahmen, die er in der Gascogne bei reisenden vornehmen Herren aufgefangen hatte, eine Hand auf das Stichblatt seines Degens, die andere auf die Hüfte gestützt, vor. Leider verblendete ihn der Zorn immer mehr, je weiter er vorschritt, und statt einer würdigen stolzen Rede, die er im stillen zu einer Herausforderung vorbereitet hatte, fand er auf seiner Zungenspitze nichts weiter als eine plumpe Grobheit.

„He, mein Herr", rief er, „mein Herr, ja Ihr, sagt mir doch ein wenig, über wen Ihr lacht, dann wollen wir gemeinsam lachen."

Der Edelmann richtete langsam die Augen von dem Pferd auf den Reiter, der so seltsame Worte an ihn richtete. Er runzelte leicht die Stirn und antwortete nach einer ziemlich langen Pause spöttisch:

„Ich spreche nicht mit Euch."

„Aber ich spreche mit Euch", rief der junge Mann, außer sich über diese Mischung von Frechheit und guten Manieren, von Anstand und Verachtung.

Der Unbekannte betrachtete ihn noch einen Augenblick lächelnd und zog sich langsam vom Fenster zurück, ging dann aus dem Wirtshaus, näherte sich d'Artagnan auf zwei Schritte und blieb vor dem Pferd stehen. Seine ruhige Haltung und seine spöttische Miene hatten die Heiterkeit derjenigen vermehrt, mit denen er plauderte, und die am Fenster geblieben waren. Als d'Artagnan ihn auf sich zukommen sah, zog er seinen Degen etwas aus der Scheide.

„Dieses Pferd ist offenbar oder war vielmehr in seiner Jugend ein Goldfuchs", sprach der Unbekannte, während er in den begonnenen Untersuchungen fortfuhr, wandte sich dabei an seine Zuhörer am Fenster, ohne daß er die Erbitterung d'Artagnans im geringsten zu beachten schien. „Es ist eine in der Botanik sehr bekannte, aber bis jetzt bei Pferden sehr seltene Farbe."

„Wer über das Pferd lacht", rief d'Artagnan wütend, „würde es nicht wagen, über den Herrn zu lachen."

„Ich lache nicht oft, mein Herr", erwiderte der Unbekannte, „wie Ihr gemerkt habt, aber ich möchte mir doch gern das Recht wahren, zu lachen, wenn es mir beliebt."

„Und ich", rief d'Artagnan, „ich will nicht, daß jemand über mich lacht, wenn es mir mißfällt."

„Wirklich, mein Herr?" erwiderte der Unbekannte ruhig, „nun denn, das ist recht und billig."

Und sich auf seinen Fersen drehend, wollte er durch das große Tor in das Gasthaus zurückkehren, wo d'Artagnan ein gesatteltes Pferd wahrgenommen hatte.

Aber d'Artagnan besaß nicht den Charakter, der ihm erlaubt hätte, einen Menschen loszulassen, der die Frechheit gehabt hatte, über ihn zu spotten. Er zog seinen Degen.

„Umgedreht, Spötter, damit ich Euch nicht auf den Rücken schlage."

„Mich schlagen, mich?" sagte der andere und schaute den jungen Mann mit ebenso großer Verwunderung als Verachtung an. „Geht, mein Lieber, Ihr seid ein Narr!"

Dann fuhr er mit leiser Stimme, wie im Selbstgespräch, fort: „Das ist ärgerlich; welch ein Fund für Seine Majestät, welche überall nach Leuten sucht, um ihre Musketiere zu rekrutieren."

Er hatte kaum den Satz vollendet, als d'Artagnan mit seiner Degenspitze einen so wütenden Stoß führte, daß er, ohne einen sehr raschen Sprung rückwärts, wahrscheinlich zum letztenmal gescherzt hätte. Der Unbekannte sah jetzt, daß die Sache über den Spaß hinausging. Er zog seinen Degen und nahm Fechterstellung ein. Aber in dem Augenblick fielen seine zwei Zuhörer in Begleitung des Wirts mit Stöcken, Schaufeln und Feuerzangen über d'Artagnan her. Dies gab dem Angriff eine solche Wendung, daß d'Artagnans Gegner, während er sich umwandte, um einen Hagel von Schlägen abzuwehren, seinen Degen mit der größten Gelassenheit einsteckte und vom aktiven Mitglied, das er beinahe geworden wäre, wieder Zuschauer des Kampfes wurde. – Er murmelte durch die Zähne:

„Die Pest über alle Gascogner! Setzt ihn wieder auf sein orangefarbenes Pferd, er kann zum Teufel gehen."

„Nicht ohne dich getötet zu haben, Feigling!" rief d'Artagnan, während er sich so gut wie möglich und ohne einen Schritt zurückzuweichen gegen seine drei Feinde, die ihn mit Schlägen überhäuften, zur Wehr setzte.

„Abermals eine Gasconade", murmelte der Edelmann. „Bei meiner Ehre, diese Gascogner sind unverbesserlich. Setzt also den Tanz fort, da er es durchaus haben will. Wenn er einmal müde ist, wird er es schon sagen."

Aber der Unbekannte wußte noch nicht, mit was für einem hartnäckigen Menschen er es zu tun hatte. D'Artagnan war nicht der Mann, der um Gnade gebeten hätte. Der Kampf dauerte also noch einige Zeit, doch endlich ließ d'Artagnan erschöpft seinen Degen fahren, den ein Schlag mit einer Heugabel in zwei Stücke brach. Ein anderer Schlag, der seine Stirn traf, schmetterte ihn blutend und fast ohnmächtig nieder. In diesem Augenblick kamen von allen Seiten Leute auf den Schauplatz gelaufen, der Wirt fürchtete Aufsehen und trug den Verwundeten mit Hilfe seiner Leute in die Küche, wo man ihn verband.

Der Edelmann aber hatte seinen früheren Platz am Fenster wieder eingenommen und betrachtete mit einer gewissen Ungeduld die herumstehenden Leute, deren Verweilen ihm sehr ärgerlich zu sein schien.

„Nun, wie geht es dem Wütenden?" fragte er, indem er sich bei dem durch das Öffnen der Tür verursachten Geräusch umdrehte und an den Wirt wandte, der kam, um sich nach seinem Befinden zu erkundigen. – „Eure Exzellenz sind gesund und wohlbehalten?" fragte der Wirt. – „Ja, vollkommen, mein lieber Wirt, und ich frage Euch, was aus unserem jungen Menschen geworden ist?" – „Es geht", erwiderte der Wirt, „er ist in Ohnmacht gefallen." – „Wirklich?" sprach der Edelmann.

„Doch ehe er in Ohnmacht fiel, raffte er alle seine Kräfte zusammen, rief nach Euch und forderte Euch heraus." – „Dieser Bursche ist also der leibhaftige Teufel!" rief der Unbekannte. – „O nein, Eure Exzellenz, der Teufel ist er nicht", entgegnete der Wirt verächtlich, „denn während seiner Ohnmacht haben wir ihn durchsucht und in seinem Gepäck nichts als ein Hemd, in seiner Börse nicht mehr als zwölf Taler gefunden, was ihn jedoch nicht davon abhielt, bevor er in Ohnmacht fiel, zu bemerken, wenn das in Paris geschehen wäre, so würdet Ihr es bereuen." – „Dann ist er irgendein verkleideter Prinz von Geblüt", sagte der Unbekannte kalt. – „Ich teile Euch dies mit, gnädiger Herr", versetzte der Wirt, „damit Ihr auf Eurer Hut seid." – „Und er hat niemand in seinem Zorn genannt?" – „Allerdings, er schlug an seine Tasche und sagte: ‚Wir wollen sehen, was Herr von Treville zu der Beleidigung sagen wird.'" – „Herr von Treville?" fragte der Unbekannte mit steigender Aufmerksamkeit; „er schlug an seine Tasche, während er den Namen des Herrn von Treville aussprach? … Hört, mein lieber Wirt, sicher habt Ihr nicht versäumt, ein wenig in diese Tasche zu schauen. Was war darin?" – „Ein Brief an Herrn von Treville, Kapitän der Musketiere." –

Der Wirt bemerkte den Ausdruck nicht, den seine Worte auf dem Gesicht des Unbekannten hervorriefen. Dieser entfernte sich von dem Fensterbrett, auf das er sich bis jetzt mit dem Ellbogen gestützt hatte, und verzog die Stirn wie ein Mensch, den etwas beunruhigt.

„Teufel!" murmelte er zwischen den Zähnen, „sollte mir Treville diesen Gascogner geschickt haben? Er ist noch sehr jung! Aber ein Degenstich bleibt ein Degenstich, und man nimmt sich vor einem jungen Bürschchen weniger in acht als vor anderen Leuten. Zuweilen genügt ein schwaches Hindernis, um einen großen Plan zu verhindern."

Der Unbekannte versank in Nachdenken.

„Hört einmal, Wirt", sagte er, „werdet Ihr mich nicht von diesem Wütenden befreien? Ich kann ihn mit gutem Gewissen nicht töten, und trotzdem", fügte er kaltdrohend bei, „ist er mir unbequem. Wo ist er?"

„Im ersten Stock in der Stube meiner Frau, wo man ihn verbindet." – „Hat er Kleidungsstücke und seine Tasche bei sich? Hat er sein Wams nicht ausgezogen?" – „Alles dies blieb im Gegenteil unten in der Küche. Aber wenn Euch dieser junge Laffe unbequem ist …?"

„Gewiß. Er veranlaßt in Eurem Gasthaus ein Ärgernis, das anständige Leute stört. Geht hinauf, macht meine Rechnung und benachrichtigt meinen Lakaien." – „Wie! Gnädiger Herr, Ihr verlaßt uns schon?" – „Ihr konntet es daraus sehen, daß ich Euch Befehl gegeben hatte, mein Pferd zu satteln. Hat man mir nicht Folge geleistet?" – „Allerdings, und das Pferd steht völlig aufgezäumt unter dem großen Tor, wie Eure Exzellenz selbst hat sehen können." – „Das ist gut. Tut, was ich Euch gesagt habe."

„O weh!" sprach der Wirt zu sich selbst, „sollte er vor dem Jungen Angst haben?"

Aber ein gebieterischer Blick des Unbekannten machte seinen Gedanken rasch ein Ende. Er verbeugte sich und verschwand.

„Es ist nicht nötig, daß dieser Kerl Mylady zu Gesicht bekommt", fuhr der Fremde fort; „sie muß bald kommen.

Sie bleibt schon allzu lange aus. Offenbar ist es besser, wenn ich ihr entgegenreite ... Könnte ich nur erfahren, was dieser Brief an Treville enthält!" Und unter fortwährendem Murmeln wandte sich der Fremde zur Küche.

Inzwischen war der Wirt, der nicht daran zweifelte, daß die Gegenwart des jungen Menschen den Unbekannten aus seiner Herberge treibe, zu seiner Frau hinaufgegangen und hatte d'Artagnan hier wiedergefunden. Er machte ihm begreiflich, die Polizei könnte ihm übel mitspielen, da er mit einem vornehmen Herrn Streit angefangen habe, denn nach der Meinung des Wirtes konnte der Unbekannte nur ein vornehmer Herr sein, und er veranlaßte ihn, trotz seiner Schwäche aufzustehen und seinen Weg fortzusetzen. Halb betäubt, ohne Wams und den Kopf eingebunden, stand d'Artagnan auf und ging, vom Wirt gedrängt, die Treppe hinab. Als er in die Küche kam, war das erste, was er bemerkte, sein Gegner, der am Tritt einer schweren, mit zwei plumpen normännischen Pferden bespannten Karosse ruhig plauderte.

Die Dame, mit der er sprach, deren Kopf vom Kutschenschlag eingerahmt schien, war eine Frau von zwanzig bis zweiundzwanzig Jahren. Wir haben bereits erwähnt, mit welcher Raschheit d'Artagnan eine Physiognomie aufzufassen wußte. Er sah also auf den ersten Blick, daß die Frau jung und hübsch war. Diese Schönheit fiel ihm um so mehr auf, als sie eine im Süden des Landes, den d'Artagnan bis jetzt bewohnt hatte, ganz fremde Erscheinung war. Es war eine Blondine mit langen, auf die Schulter herabfallenden Locken, großen, schmachtenden blauen Augen, rosigen Lippen und weißen, schlanken Händen. Sie sprach sehr lebhaft mit dem Unbekannten.

„Also befiehlt mir Seine Eminenz ...", sagte die Dame. „Sogleich nach England zurückzukehren und ihn zu benachrichtigen, ob der Herzog London verlassen hat." – „Und was meine übrigen Instruktionen betrifft ...?" fragte die schöne Reisende. – „Sie sind in dieser Schatulle enthalten, die Ihr erst jenseits des Kanals öffnen dürft." – „Sehr wohl, – und Ihr, was macht Ihr?" – „Ich kehre nach Paris zurück."

„Ohne das freche Bürschchen zu züchtigen?" fragte die Dame.

Der Unbekannte war dabei zu antworten, aber in dem Augenblick, in dem er den Mund öffnete, sprang d'Artagnan, der alles gehört hatte, auf die Türschwelle.

„Das freche Bürschchen züchtigt andere", rief er, „und ich hoffe, daß derjenige, welchen er zu züchtigen hat, ihm diesmal nicht entkommen wird wie das erste Mal."

„Nicht entkommen wird?" entgegnete der Unbekannte, die Stirn runzelnd.

„Nein, vor einer Dame, denke ich, werdet Ihr nicht zu fliehen wagen."

„Bedenkt", rief Mylady, als sie sah, daß der Edelmann die Hand an den Degen legte, „bedenkt, daß die geringste Verzögerung alles verderben kann."

„Ihr habt recht", rief der Edelmann, „reist Ihr also, ich werde das gleiche tun."

Und indem er der Dame zunickte, schwang er sich auf sein Pferd, während der Kutscher der Karosse sein Gespann kräftig mit der Peitsche antrieb. Die beiden Verhandelnden entfernten sich im Galopp, jeder in entgegengesetzter Richtung.

„Heda! Eure Rechnung", schrie der Wirt, dessen Ergebenheit für den Reisenden sich in tiefe Verachtung verwandelte, als er sah, daß er sich davonmachte, ohne seine Zeche zu berichtigen.

„Bezahle, Schlingel", rief der Reisende weitergaloppierend seinem Bediensteten zu, der dem Wirt ein paar Geldstücke vor die Füße warf und dann seinem Herrn nacheilte.

„Ha, Feigling, ha, Elender, ha, falscher Edelmann!" rief d'Artagnan und lief dem Bediensteten nach.

Aber der Verwundete war noch zu schwach, um eine solche Anstrengung auszuhalten. Kaum hatte er zehn Schritt gemacht, so klangen ihm die Ohren, er sah nichts mehr, eine Blutwelle zog ihm über die Augen, und er stürzte unter dem beständigen Ruf: „Feigling, Feigling, Feigling!" auf die Straße.

„Er ist in der Tat sehr feig!" murmelte der Wirt, indem er sich d'Artagnan näherte und sich durch diese Schmeichelei mit dem armen Jungen auszusöhnen suchte wie der Held in der Fabel mit seiner Schnecke.

„Ja, sehr feig", sagte d'Artagnan mit schwacher Stimme, „aber sie ist sehr schön."

„Welche Sie?" fragte der Wirt.

„Mylady", stammelte d'Artagnan und fiel zum zweitenmal in Ohnmacht.

„Ist auch egal", sprach der Wirt, „es bleibt mir doch dieser da, den ich sicherlich einige Tage behalten werde. Da lassen sich immerhin elf Taler verdienen."

Man weiß bereits, daß sich der Inhalt von d'Artagnans Börse gerade auf elf Taler belief.

Der Wirt hatte elf Tage Krankheit den Tag zu einem Taler gerechnet. Er aber hatte die Rechnung ohne seinen Gast gemacht. Am anderen Morgen stand d'Artagnan schon um fünf Uhr auf, ging in die Küche, verlangte außer einigen anderen Zutaten, deren Liste uns nicht bekannt ist, Wein, Öl, Rosmarin, und bereitete sich, das Rezept seiner Mutter in der Hand, einen Balsam, mit dem er seine zahlreichen Wunden behandelte. Er erneuerte seine Kompressen selbst und wollte keine ärztliche Hilfeleistung zulassen. Der Wirksamkeit des Zigeunerbalsams und ohne Zweifel auch ein wenig der Abwesenheit jedes Arztes hatte es d'Artagnan zu danken, daß er schon am gleichen Abend wieder auf den Beinen und am anderen Tage beinahe völlig geheilt war.

In dem Augenblick aber, als er den Rosmarin, das Öl

und den Wein bezahlen wollte – die einzige Ausgabe des Herrn, der strenge Diät hielt, während das gelbe Roß, wenigstens nach der Aussage des Wirtes, dreimal soviel gefressen hatte, als sich vernünftigerweise bei seiner Gestalt voraussetzen ließ – fand d'Artagnan in seiner Tasche nur noch seine kleine Börse mit elf Talern. Jedoch der Brief an Herrn von Treville war verschwunden.

Der junge Mann suchte anfangs diesen Brief mit großer Geduld, drehte seine Taschen um und um, durchwühlte seinen Mantelsack, öffnete und schloß seine Börse wieder und wieder. Als er aber sicher war, daß der Brief nicht mehr zu finden war, geriet er in einen dritten Anfall von Wut, der ihm leicht einen neuen Verbrauch von aromatischem Wein und Öl hätte verursachen können. Als man sah, daß dieser junge Brausekopf sich erhitzte und drohte, er werde alles im Hause kurz und klein schlagen, wenn man seinen Brief nicht finde, da ergriff der Wirt einen Spieß, seine Frau einen Besenstiel und seine Bediensteten dieselben Stöcke, die zwei Tage vorher benutzt worden waren.

„Meinen Empfehlungsbrief", schrie d'Artagnan, „meinen Empfehlungsbrief, oder ich spieße euch alle auf wie Ortolane."

Unglücklicherweise trat ein Umstand der Ausführung seiner Drohung in den Weg. Sein Degen war beim ersten Kampf in zwei Stücke zerbrochen worden, was er völlig vergessen hatte. Als d'Artagnan wirklich vom Leder ziehen wollte, sah er sich lediglich mit einem Degenstumpf von acht bis zehn Zoll bewaffnet, den der Wirt sorgfältig wieder in die Scheide gesteckt hatte. Den übrigen Teil der Klinge hatte der Herr der Herberge geschickt auf die Seite gebracht, um sich einen Bratspieß daraus zu machen.

Diese Enttäuschung dürfte wohl unseren jähzornigen jungen Mann nicht zurückgehalten haben, aber der Wirt sah ein, daß die Forderung, die sein Reisender an ihn stellte, völlig gerecht war.

„In der Tat", sprach er, „wo ist der Brief?"

„Wo ist dieser Brief?" rief d'Artagnan. „Ich sage Euch von vornherein, daß dieser Brief für Herrn von Treville bestimmt ist, und daß er sich wiederfinden muß. Ist dies nicht der Fall, so wird der schon machen, daß er gefunden wird!"

Diese Drohung schüchterte den Wirt vollends ein. Nach dem König und dem Herrn Kardinal war Herr von Treville ein Mann, dessen Name vielleicht am häufigsten von den Militärs und sogar von den Bürgern wiederholt wurde. Wohl war noch der Pater Josef, aber sein Name wurde immer nur ganz leise ausgesprochen, so groß war der Schrecken, den die „Graue Eminenz" einflößte, wie man den Vertrauten des Kardinals nannte.

Er warf also seinen Spieß weit weg und begann nach dem verlorenen Brief zu suchen.

„Enthielt dieser Brief etwas Wertvolles?" fragte der Wirt, nachdem er einen Augenblick fruchtlos gesucht hatte. – „Heiliger Gott, ich glaube schon!" erwiderte der Gascogner, der mit Hilfe dieses Schreibens seinen Weg bei Hofe zu machen hoffte, „er enthielt mein Glück." – „Anweisungen auf Spanien?" fragte der Wirt unruhig. – „Anweisungen auf den Privatschatz Seiner Majestät", erwiderte d'Artagnan, der damit rechnete, er werde durch diese Empfehlung in den Dienst des Königs aufgenommen werden, und deshalb ohne zu lügen diese Antwort gab.

„Teufel!" rief der Wirt ganz in Verzweiflung.

„Aber daran liegt nichts", fuhr d'Artagnan mit ganz nationaler Dreistigkeit fort, „daran liegt nichts, das Geld kommt gar nicht in Betracht! Der Brief war alles. Ich hätte lieber tausend Pistolen verloren als diesen Brief."

Es hätte nichts ausgemacht, wenn er zwanzigtausend gesagt hätte, aber seine Schüchternheit hielt ihn zurück.

Ein Lichtstrahl durchdrang plötzlich den Geist des Wirts, der aus der Haut fahren wollte, als er nichts fand.

„Dieser Brief ist durchaus nicht verloren", rief er.

„Ah!" seufzte d'Artagnan. – „Nein, er ist Euch gestohlen worden." – „Gestohlen – und von wem?" – „Von dem Edelmann von gestern. Er ist in die Küche hinabgegangen, wo Euer Wams lag, und allein geblieben. Ich wollte wetten, daß er ihn gestohlen hat."

„Ihr glaubt?" erwiderte d'Artagnan nicht sehr überzeugt, denn er kannte den ganz persönlichen Belang dieses Briefes und sah nichts dabei, was einem anderen dessen Besitz hätte nützen können. Keiner von den Dienern, keiner von den anwesenden Gästen würde etwas damit gewonnen haben, wenn er sich das Papier angeeignet hätte.

„Ihr sagt also", versetzte d'Artagnan, „daß Ihr diesen Edelmann im Verdacht habt?"

„Ich sage, daß ich vollkommen davon überzeugt bin", fuhr der Wirt fort; „als ich ihm mitteilte, Ihr seid ein Schützling des Herrn von Treville, und Ihr hättet sogar einen Brief an diesen erlauchten Herrn, da schien er sehr unruhig zu werden und fragte mich, wo dieser Brief sei. Er ging gleich in die Küche hinab, weil er wußte, daß Euer Wams dort lag."

„Dann ist er mein Dieb", sagte d'Artagnan, „ich werde mich bei Herrn von Treville darüber beklagen, und Herr von Treville wird sich beim König beklagen." Sofort zog er majestätisch zwei Taler aus der Tasche, gab sie dem Wirt, der ihn mit dem Hut in der Hand bis vor die Tür begleitete, bestieg wieder sein gelbes Roß, das ihn ohne weiteren Unfall bis zu der Porte Saint-Antoine in Paris trug, wo es der Eigentümer um drei Taler verkaufte. Der Pferdehändler, dem d'Artagnan die Mähre gegen diese neun Livres abtrat, verbarg dem jungen Mann keineswegs, daß er diese außerordentliche Summe nur wegen der originellen Farbe des Tieres bezahle.

D'Artagnan hielt also zu Fuß seinen Einzug in Paris, trug sein Päckchen unter dem Arm und marschierte so lange umher, bis er eine Stube zu mieten fand, die der Geringfügigkeit seiner Mittel entsprach. Diese Stube war eine Art von Mansarde und lag in der Rue des Fossoyeurs in der Nähe des Luxembourg.

Sobald d'Artagnan die Miete bezahlt hatte, nahm er Besitz von seiner Wohnung und brachte den übrigen Teil des Tages damit zu, seine Kleider auszubessern. Dann ging er auf den Quai de la Ferraille, um eine neue Klinge an seinen Degen machen zu lassen, später zum Louvre, wo er sich bei dem ersten Musketier, dem er begegnete, nach dem Hotel des Herrn von Treville erkundigte, das in der Rue du Vieux-Colombier lag, das heißt, ganz in der Nähe seiner Wohnung.

Am nächsten Morgen um neun Uhr ging er dann zu dem berühmten Herrn von Treville, der dritten Person des Reiches nach der väterlichen Schätzung.

2. Kapitel

Die Audienz

Herr von Treville war in diesem Augenblick in einer abscheulichen Laune. Trotzdem grüßte er höflich den jungen Mann, der sich bis zur Erde verbeugte, und nahm lächelnd das Kompliment auf, dessen bearnesischer Ausdruck ihn an seine Jugend und an seine Heimat erinnerte – eine doppelte Erinnerung, die den Menschen in jedem Alter zum Lächeln bewegt. Aber beinahe in demselben Augenblick trat er, d'Artagnan mit der Hand ein Zeichen machend, als wolle er ihn um Erlaubnis bitten, die anderen abzufertigen, ehe er mit ihm anfinge, an die Tür, und rief dreimal:

„Athos! Porthos! Aramis!"

Die uns bereits bekannten zwei Musketiere antworteten auf die beiden letzten von diesen drei Namen, verließen sofort die Gruppen, in denen sie standen, und gingen auf das Kabinett zu, dessen Tür sich hinter ihnen schloß, sobald sie die Schwelle überschritten hatten. Ihre Haltung erregte durch ihre würdevolle und ehrerbietige Ungezwungenheit die Bewunderung d'Artagnans. Er sah in diesen Menschen Halbgötter und in ihrem Anführer einen mit all seinen Blitzen bewaffneten Jupiter.

Als die Musketiere eingetreten waren, als die Tür hinter ihnen geschlossen war, als das Gemurmel im Vorzimmer, dem der Aufruf ohne Zweifel neue Nahrung gab, wieder angefangen und Herr von Treville endlich drei- bis viermal sein Kabinett, schweigend und mit gefurchter Stirn immer an Porthos und Aramis vorübergehend, die steif und stumm wie auf der Parade dastanden, der ganzen Länge nach durchschritten hatte, blieb er plötzlich vor ihnen stehen, maß sie von Kopf zu Fuß mit zornigen Blicken und rief:

„Wißt ihr, was mir der König gesagt hat, und zwar erst gestern abend, wißt ihr es, meine Herren?"

„Nein", antworteten die beiden Musketiere nach kurzem Schweigen, „nein, wir wissen es nicht."

„Aber ich hoffe, Ihr werdet uns die Ehre erweisen, es uns zu sagen", fügte Aramis höflich unter der anmutigsten Verbeugung hinzu.

„Er hat mir gesagt, er werde in Zukunft seine Musketiere unter der Leibwache des Herrn Kardinals rekrutieren."

„Unter der Leibwache des Kardinals, und warum dies?" fragte Porthos lebhaft.

„Weil er einsähe, daß eine Auffrischung mit gutem Blut dringend notwendig wäre!"

Die beiden Musketiere erröteten bis über die Ohren.

„Ja, ja", fuhr Herr von Treville hitziger fort, „und Seine Majestät hat recht, denn, auf meine Ehre, die Musketiere spielen eine traurige Rolle bei Hof. Der Herr Kardinal erzählte gestern beim Spiel mit einer Miene des Bedauerns, die mir sehr mißfiel, diese verdammten Musketiere, diese lebendigen Teufel – und er legte auf diese Worte einen ironischen Nachdruck, der mir noch mehr mißfiel – diese Kopfspalter, fügte er hinzu und schaute mich dabei mit seinen Katzenaugen an, hätten sich gestern in der Rue Ferou in einer Kneipe verspätet, und eine Ronde seiner Leibwache, ich glaube, er wollte mir ins Gesicht lachen, sei genötigt gewesen, die Ruhestörer zu verhaften. Mord und Tod! Ihr müßt etwas davon wissen! Musketiere verhaften! Ihr wart dabei, ihr leugnet es nicht, man hat euch erkannt, und der Kardinal hat euch genannt. Es ist freilich mein Fehler, ja, mein Fehler ist es, da ich mir meine Leute auswähle. Seht doch, Aramis, warum, zum Teufel, habt Ihr mich um die Kasacke gebeten, wo Euch doch der Priesterrock so gut stehen würde? Und Ihr, Porthos, habt Ihr ein so schönes goldenes Wehrgehenk, nur um einen Strohdegen daran zu tragen! Und Athos, ich sehe Athos nicht. Wo ist er?"

„Gnädiger Herr", antwortete Aramis traurig, „er ist krank, sehr krank."

„Woran leidet er?"

„Man befürchtet, an den Blattern, gnädiger Herr", antwortete Porthos, der auch ein Wort mitsprechen wollte, „was sehr unangenehm wäre, denn es würde sicherlich sein Gesicht verderben."

„Blattern! Abermals ein prächtiges Märchen, das Ihr mir da erzählt, Porthos! In seinem Alter noch Pocken? Nein! ... Aber verwundet ohne Zweifel, vielleicht getötet ... Ah, wenn ich es wüßte ... Gottes Blut! meine Herren Musketiere, ich dulde es nicht, daß man sich auf diese Art in schlechten Kneipen herumtreibt, auf der Straße Händel anfängt und an jeder Ecke vom Leder zieht. Ich will nicht, daß man sich vor den Leibwachen des Herrn Kardinals lächerlich macht, denn diese sind brave, ruhige, gewandte Leute, die sich nie der Verlegenheit aussetzen, verhaftet zu werden, und die sich überdies nicht verhaften lassen, gewiß nicht! Sie würden eher auf dem Platz sterben als einen einzigen Schritt zurückweichen. Sich flüchten, aus dem Staub machen, Fersengeld geben, das ist eine schöne Aufführung für die Musketiere des Königs!"

Porthos und Aramis bebten vor Wut. Sie hätten gern Herrn von Treville erwürgt, wenn sie nicht gefühlt hätten, daß ihn die große Liebe, die er für sie hegte, zu dieser Sprache veranlaßte. Sie stampften mit dem Fuß auf, bissen sich die Lippen blutig und preßten den Griff ihres Degens. Außen hatte man, wie erwähnt, Athos, Porthos und Aramis rufen hören, und an dem Ton des Herrn von Treville hatte man erraten, daß er sehr zornig war. Zehn neugierige Köpfe lehnten an der Tapete und erbleichten vor Grimm. Ihre fest an die Tür gehaltenen Ohren verloren kein Wort von dem, was gesprochen wurde, während ihr Mund die für das ganze Korps beleidigenden Reden des Kapitäns, Silbe für Silbe, wiederholte. In einem Augenblick war das ganze Hotel von der Tür des Kabinetts bis zu dem Hoftor in Gärung.

„Ah! Die Musketiere des Königs lassen sich von der Leibwache des Herrn Kardinals verhaften!" fuhr Herr von Treville fort, der in seinem Innern ebenso wütend war wie seine Soldaten, aber seine Worte nur so herausstieß und eines nach dem anderen wie Dolchstiche in die Brust seiner Zuhörer bohrte. „Ah! Sechs Leibwachen Seiner Eminenz verhafteten sechs Musketiere Seiner Majestät! Mordelement! Ich weiß, was ich tue. Ich gehe auf der Stelle in den Louvre. Ich nehme meine Entlassung als Kapitän des Königs und bewerbe mich um ein Leutnantspatent bei den Garden des Kardinals, und wenn er es abschlägt, Mordelement! – so werde ich Abbé."

Bei diesen Worten kam es von dem Gemurmel außen zu

einem völligen Ausbruch. Überall hörte man nur Schwüre und Flüche. Mordelement! Gottes Blut! Tod und Teufel! durchkreuzten die Luft. D'Artagnan schaute sich nach einer Tapete um, um sich dahinter zu verbergen, und hatte große Lust, gleichzeitig unter den Tisch zu kriechen.

„Nun, Kapitän", sprach Porthos außer sich, „wir waren allerdings sechs gegen sechs, aber wir wurden verräterischerweise überfallen, und ehe wir Zeit hatten, den Degen zu ziehen, stürzten zwei von uns tot nieder. Athos war als Schwerverwundeter kaum mehr wert. Denn Ihr kennt Athos, Kapitän! Nun, zweimal versuchte er es, sich zu erheben, aber zweimal fiel er wieder hin. Wir haben uns aber nicht ergeben. Nein, man hat uns mit Gewalt fortgeschleppt. Auf dem Weg flüchteten wir. Athos hielt man für tot! Man ließ ihn ruhig auf dem Schlachtfeld liegen und fand es nicht der Mühe wert, ihn wegzuschaffen. Das ist die ganze Geschichte. Was, Teufel! Kapitän, man gewinnt nicht alle Schlachten."

„Und ich habe die Ehre, zu versichern, daß ich einen mit seinem eigenen Degen tötete", sagte Aramis; „denn der meinige war bei der ersten Parade zerbrochen. Getötet oder erdolcht, gnädiger Herr, wie es Euch gefällt!"

„Ich wußte das nicht", erwiderte Herr von Treville in etwas sanfterem Ton, „der Herr Kardinal hat, wie es scheint, übertrieben."

„Aber noch ein Wort, Kapitän", sprach Aramis, der, da er Herrn von Treville etwas besänftigt sah, eine Bitte vorzubringen wagte; „sagt nicht, gnädiger Herr, daß Athos verwundet ist. Er wäre verzweifelt, wenn dies zu den Ohren des Königs käme, und da die Wunde sehr bedeutend zu sein scheint, da sie durch die Schulter tief in die Brust eingedrungen ist, so wäre zu befürchten ..."

In diesem Augenblick hob sich der Türvorhang, und ein edler, schöner, aber furchtbar bleicher Kopf erschien unter der Franse.

„Athos!" riefen die zwei Musketiere.

„Ihr habt nach mir verlangt, gnädiger Herr", sprach Athos mit einer schwachen, aber vollkommen ruhigen Stimme; „Ihr habt nach mir verlangt, wie mir meine Kameraden sagen, und ich beeile mich, Eurem Befehl nachzukommen. Hier bin ich, gnädiger Herr, was steht zu Diensten?"

Mit diesen Worten trat der Musketier in tadelloser Haltung, bewaffnet wie gewöhnlich, in das Kabinett. Im Innersten seines Herzens, durch diesen Beweis von Mut gerührt, eilte ihm Herr von Treville entgegen.

„Ich war eben dabei, diesen Herren zu erzählen", fügte er bei, „daß ich meinen Musketieren verbiete, ihr Leben unnötig auszusetzen, denn brave Leute sind dem König sehr teuer, und der König weiß, daß seine Musketiere die bravsten Leute dieser Erde sind. Eure Hand, Athos."

Und ohne eine Antwort des soeben Angekommenen auf diesen Beweis von Zuneigung abzuwarten, faßte Herr von Treville seine rechte Hand und drückte sie mit aller Kraft, wobei er nicht merkte, daß Athos, wie groß auch seine Selbstbeherrschung war, eine Bewegung des Schmerzes nicht unterdrücken konnte und noch bleicher wurde.

Die Tür war halb offen geblieben, so sehr hatte Athos' Ankunft, dessen Verwundung allen bekannt war, Aufsehen erregt. Ein Freudenschrei war das Echo der letzten Worte des Kapitäns, und von der Begeisterung hingerissen, zeigten sich einige Köpfe in der Türöffnung. Ohne Zweifel war Herr von Treville im Begriff, durch kräftige Worte diesen Verstoß gegen die Gesetze der Etikette zu unterdrücken, als er fühlte, daß sich Athos' Hand in der seinen verkrampfte, und bei genauerer Betrachtung merkte er, daß Athos einer Ohnmacht nahe war. Im gleichen Augenblick fiel Athos auch schon wie tot zu Boden.

„Einen Arzt!" rief Herr von Treville. „Meinen, den des

Königs, den nächstbesten! Einen Arzt! Gottes Blut! Mein braver Athos stirbt mir sonst!"

Auf das Geschrei des Herrn von Treville stürzte alles in sein Kabinett, und alle Anwesenden drängten sich um den Verwundeten. Aber dieser Eifer wäre fruchtlos gewesen, wenn der geforderte Arzt nicht im Hotel selbst gewesen wäre. Er durchschritt die Menge, näherte sich dem immer noch ohnmächtigen Athos, und da ihn das Geräusch und Gedränge in seiner Tätigkeit hemmten, so verlangte er zuallererst, daß man den Musketier in ein anstoßendes Zimmer bringe. Sogleich öffnete Herr von Treville eine Tür und zeigte Porthos und Aramis, die ihren Kameraden auf den Armen trugen, den Weg. Hinter dieser Gruppe ging der Arzt, und hinter dem Arzt schloß sich die Tür. Nun wurde das Kabinett des Herrn von Treville, dieser sonst so geheiligte Ort, ein zweites Vorzimmer. Jedermann schwatzte, sprach, rief, schrie, schwor, fluchte ganz laut und wünschte den Kardinal und seine Leibwachen zu allen Teufeln.

Einen Augenblick später kehrten Porthos und Aramis zurück. Der Chirurg und Herr von Treville waren bei dem Verwundeten geblieben.

Endlich kam auch Herr von Treville in sein Kabinett zurück. Der Verwundete hatte das Bewußtsein wiedererlangt, und der Arzt erklärte, der Zustand des Musketiers solle seine Freunde durchaus nicht beunruhigen, da seine Schwäche einzig und allein durch den Blutverlust veranlaßt worden sei.

Herr von Treville gab nun ein Zeichen mit der Hand, und jedermann entfernte sich, mit Ausnahme d'Artagnans, der durchaus nicht vergaß, daß er Audienz hatte, und mit der Hartnäckigkeit eines Gascogners geblieben war.

Als sich alle entfernt hatten und die Tür wieder verschlossen war, wandte sich Herr von Treville um und fand sich allein mit dem jungen Mann. Durch das vorhergehende Ereignis hatte er einigermaßen den Faden seiner Gedanken verloren. Er fragte daher den hartnäckigen Bittsteller. D'Artagnan nannte seinen Namen. Rasch tauchten in Herrn von Treville alle Erinnerungen an Gegenwart und Vergangenheit wieder auf, und er war über die Situation informiert.

„Vergebung", sprach er lächelnd, „Vergebung, mein lieber Landsmann, aber ich hatte Euch völlig vergessen. Was wollt Ihr! Ein Kapitän ist nur ein Familienvater mit einer größeren Verantwortlichkeit als ein gewöhnlicher Familienvater. Die Soldaten sind große Kinder. Da ich aber darauf halte, daß die Befehle des Königs und besonders die des Herrn Kardinals vollzogen werden ..."

D'Artagnan konnte ein Lächeln nicht unterdrücken. Aus diesem Lächeln urteilte Herr von Treville, daß er es mit keinem Dummkopf zu tun habe. Er ging daher gerade auf die Sache los, veränderte das Gespräch und sagte:

„Ihr habt Euren Vater sehr geliebt! Was kann ich für seinen Sohn tun? Beeilt Euch, meine Zeit gehört nicht mir."

„Gnädiger Herr", sprach d'Artagnan, „als ich Tarbes verließ und hierherkam, hatte ich die Absicht, Euch in Erinnerung an diese Freundschaft, die Ihr nicht aus dem Gedächtnis verloren habt, um eine Musketierkasacke zu bitten. Aber nach allem, was ich seit zwei Stunden gesehen, begreife ich, daß eine solche Gunst ungeheuer wäre."

„Es ist allerdings eine Gunst, junger Mann", antwortete Herr von Treville, „aber sie kann nicht so unerreichbar für Euch sein als Ihr glaubt oder zu glauben Euch den Anschein gebt. Eine Entscheidung Seiner Majestät ist für diesen Fall vorgesehen, und ich sage Euch mit Bedauern, daß niemand unter die Musketiere aufgenommen wird, ohne sich vorher in einigen Feldzügen, durch gewisse Waffentaten oder einen zweijährigen Dienst in einem anderen Regiment, das weniger begünstigt ist als das unsere, erprobt zu haben."

D'Artagnan verbeugte sich, ohne zu antworten. Sein Verlangen nach der Musketieruniform wurde noch dringender, seit er bemerkte, daß man so viele Hindernisse zu überwinden hatte, um sie zu bekommen.

„Aber", fuhr Treville fort und heftete dabei auf seinen Landsmann einen so durchdringenden Blick, daß man hätte glauben sollen, er wolle in seinem Herzen lesen; „aber Eurem Vater, meinem alten Landsmann, wie ich Euch gesagt habe, zuliebe, will ich etwas für Euch tun, junger Mann. Unsere Söhne vom Bearn sind gewöhnlich nicht reich, und ich zweifle, daß sich die Verhältnisse seit meiner Zeit bedeutend verändert haben. Das Geld, das Ihr mitgebracht habt, wird also zum Leben nicht zu reichlich sein."

D'Artagnan richtete sich mit einer stolzen Miene auf.

„Schon gut, junger Mann, schon gut", fuhr Treville fort, „ich kenne diese Mienen, ich bin nach Paris mit vier Talern in der Tasche gekommen und hätte mich mit jedem geschlagen, der mir gesagt haben würde, ich sei nicht imstande, den Louvre zu kaufen."

D'Artagnan richtete sich noch höher auf. Aufgrund des Verkaufs seines Pferdes begann er seine Laufbahn mit vier Talern mehr als Herr von Treville.

„Ihr müßt also, wie ich sagte, Euer Eigentum zusammenhalten, so groß auch diese Summe sein mag. Aber Ihr müßt Euch auch in den Übungen vervollkommnen, die einem Edelmann zukommen. Ich werde noch heute einen Brief an den Direktor der königlichen Akademie schreiben, und schon morgen seid Ihr unentgeltlich aufgenommen. Schlagt dieses kleine Geschenk nicht aus. Unsere höchstgeborenen und reichsten Edelleute bewerben sich zuweilen um diese Gunst, ohne sie erlangen zu können. Ihr werdet reiten, fechten und tanzen lernen. Ihr werdet gute Kenntnisse erlangen, und von Zeit zu Zeit besucht Ihr mich, um mir zu sagen, wie weit Ihr seid und ob ich etwas für Euch tun kann."

So wenig d'Artagnan mit den Hofsitten bekannt war, so entging ihm doch die Kälte dieses Empfangs nicht.

„Ah! Gnädiger Herr", sagte er, „ich sehe, wie sehr der Empfehlungsbrief, den mir mein Vater gegeben hatte, mir heute fehlt."

„In der Tat", erwiderte Herr von Treville, „ich wundere mich, daß Ihr eine Reise ohne diese Notwendigkeit, der einzigen Hilfsquelle für uns Bearner, unternommen habt."

„Ich hatte es, Gott sei Dank, bei mir", rief d'Artagnan, „aber es ist mir gestohlen worden."

Und er erzählte den ganzen Vorfall in Meung, zeichnete den Unbekannten in seinen geringfügigsten Einzelheiten, alles mit einer Wärme und Wahrheit, die Herrn von Treville entzückte.

„Das ist seltsam", sprach Treville sinnend; „Ihr hattet also ganz laut von mir gesprochen?"

„Ja, gnädiger Herr, ich hatte allerdings diese Unklugheit begangen. Ein Name wie der Eurige mußte mir auf der Reise als Schild dienen. Ihr könnt Euch denken, daß ich mich oft unter den Schutz desselben gestellt habe."

Schmeichelei war damals sehr in Mode, und Herr von Treville liebte den Weihrauch so, wie der König oder der Kardinal.

„Hatte dieser Edelmann nicht eine leichte Narbe an der Wange?" – „Ja, wie von einem Streifschuß." – „War er nicht ein Mann von gutem Aussehen?" – „Ja." – „Von hoher Gestalt?" – „Ja." – „Von bleicher Gesichtsfarbe und braunen Haaren?" – „Ja, ja, so ist es. Wie kommt es, gnädiger Herr, daß Ihr diesen Menschen kennt? Ach! Wenn ich ihn wiederfinde, und ich werde ihn wiederfinden, ich schwöre es Euch, und wäre es in der Hölle …" – „Er erwartete eine Frau?" fuhr Treville fort. – „Er ist wenigstens abgereist, nachdem er einen Augenblick mit der Erwarteten gesprochen hatte." – „Ihr wißt nicht, was der Gegenstand ihres Gesprächs war?" – „Er übergab ihr eine Schatulle, sagte, sie enthalte Instruktionen, und schärfte ihr ein, sie erst in London zu öffnen."

„Diese Frau war eine Engländerin?" – „Er nannte sie Mylady." – „Er ist es!" murmelte Treville, „er ist es! Ich glaubte, er wäre noch in Brüssel." – „Oh! Gnädiger Herr, wenn Ihr diesen Menschen kennt", rief d'Artagnan, „so sagt mir, wer er ist und wo er ist. Ich entbinde Euch von allem, selbst von Eurem Versprechen, mich unter die Musketiere aufzunehmen, denn vor allem will ich mich rächen." – „Hütet Euch, junger Mann", rief Treville; „wenn Ihr ihn auf der einen Seite der Straße kommen seht, so geht auf die andere. Stoßt Euch nicht an einem solchen Felsen, er würde Euch wie Glas zerbrechen." – „Wenn ich ihn je wiederfinde", sprach d'Artagnan, „hält mich dies nicht ab …" – „Sucht ihn einstweilen nicht auf", versetzte Treville, „wenn ich Euch raten soll."

Plötzlich stoppte Treville, von einem raschen Argwohn erfaßt. Der gewaltige Haß, den der junge Reisende so laut gegen diesen Menschen äußerte, der ihm, wie sehr wahrscheinlich war, den Brief seines Vaters entwendet hatte, verbarg er nicht etwa eine Treulosigkeit? War dieser junge Mann nicht von Seiner Eminenz abgesandt? Kam er nicht, um ihm eine Falle zu stellen? War dieser angebliche d'Artagnan nicht ein Spion des Kardinals, den man in sein Haus zu bringen suchte, den man in seine Nähe gebracht hatte, um sein Vertrauen zu erschleichen, um ihn später zu vernichten? Er schaute d'Artagnan das zweite Mal noch schärfer an als das erste Mal. Diese von Schlauheit und geheuchelter Untertänigkeit funkelnde Physiognomie vermochte ihn nur wenig zu beruhigen.

„Ich weiß, daß er Gascogner ist", dachte Herr von Treville, „aber er kann es ebensowohl für den Kardinal als für mich sein. Wir wollen ihn einmal auf die Probe stellen! –

Mein Freund", sprach er langsam, „ich will Euch als dem Sohn meines alten Freundes, denn ich halte die Geschichte dieses verlorenen Briefs für wahr, ich will Euch, sage ich, um die Kälte, die Ihr anfangs bei meinem Empfang bemerkt habt, wiedergutzumachen, die Geheimnisse unserer Politik offenbaren. Der König und der Kardinal sind die besten Freunde. Ihre scheinbaren Streitigkeiten sollen nur Dummköpfe täuschen. Ich will nicht, daß ein Landsmann, ein netter Kavalier, ein braver Kerl sich durch alle diese Finten täuschen läßt und wie ein Einfaltspinsel in das Garn läuft. Bedenkt, daß ich diesen zwei allmächtigen Herren ergeben bin, und daß ich nie einen anderen Zweck haben werde, als dem König und dem Kardinal, einem der erhabensten Geister Frankreichs, zu dienen. Danach richtet Euch nun, junger Mann, und wenn Ihr, sei es Eurer Familie, sei es Eurer freundschaftlichen Verbindungen wegen, oder aus Instinkt, gegen den Kardinal einen Groll hegt, wie wir ihn oft bei unseren Edelleuten sehen, so sagt uns Lebewohl und verlaßt uns. Ich werde Euch in tausenderlei Dingen unterstützen, aber ohne Euch eine nähere Verbindung mit meiner Person zu gestatten. Ich hoffe jedenfalls durch meine Freimütigkeit Euch zum Freund zu gewinnen, denn bis zu dieser Stunde seid Ihr der einzige junge Mensch, mit dem ich so gesprochen habe."

Treville sagte hierbei zu sich selbst:

„Wenn der Kardinal diesen jungen Fuchs an mich abgesandt hat, so wird er, der wohl weiß, wie sehr er mir verhaßt ist, nicht vergessen haben, seinem Spion zu sagen, das beste Mittel, mir den Hof zu machen, bestehe darin, daß man das Schlimmste von ihm sage. Der listige Fuchs wird mir auch trotz meiner Versicherungen antworten, er verabscheue den Kardinal."

Es ging ganz anders, als Treville erwartete. D'Artagnan antwortete mit der größten Einfachheit:

„Mein gnädiger Herr, ich komme mit ähnlichen Ansichten und Absichten nach Paris. Mein Vater hat mir eingeschärft, von niemand als von dem König, dem Kardinal und von Euch, die er für die höchsten Männer von Frankreich hält, etwas zu dulden."

D'Artagnan stellte, wie man hier merkt, Herrn von Treville zu den beiden anderen, aber er dachte, diese Zusammenstellung könnte nichts schaden.

„Ich hege also die größte Verehrung für den Herrn Kardinal", fuhr er fort, „und die tiefste Achtung vor seinen Handlungen. Desto besser für mich, gnädiger Herr, wenn Ihr, wie Ihr sagt, freimütig mit mir sprecht, denn Ihr werdet mir dann die Ehre erweisen, diesen Charakterzug auch an mir zu schätzen. Habt Ihr aber irgendeinen allerdings sehr natürlichen Argwohn gehabt, so sehe ich wohl ein, daß ich mich zugrunde richte, indem ich die Wahrheit sage. Dies wäre um so schlimmer, als ich Eure Wertschätzung verlieren würde, und gerade dies ist es, worauf ich den höchsten Wert lege."

Herr von Treville war äußerst überrascht. So viel Offenherzigkeit, so viel Scharfsinn erregten seine Bewunderung, hoben aber seine Zweifel nicht zur Gänze auf. Je höher dieser junge Mann über anderen jungen Leuten stand, desto mehr war er zu fürchten, wenn er sich täuschte. Dem aber ungeachtet drückte er d'Artagnan die Hand und sagte:

„Ihr seid ein ehrlicher Bursche, aber in diesem Augenblick kann ich nicht mehr tun, als ich Euch soeben angeboten habe. Mein Hotel steht stets für Euch offen. Da Ihr zu jeder Stunde bei mir vorsprechen und deshalb jede Gelegenheit benutzen könnt, so werdet Ihr wahrscheinlich später erreichen, was Ihr erreichen wollt."

„Das heißt, gnädiger Herr", erwiderte d'Artagnan, „Ihr werdet warten, bis ich mich dessen würdig gezeigt habe. Nun gut", fügte er mit der Vertraulichkeit eines Gascogners hinzu, „Ihr sollt nicht lange warten!" Und er grüßte, um sich zu entfernen, als ob nun das übrige seine Sache wäre.

„Aber wartet doch", rief Herr von Treville und hielt ihn zurück, „ich habe Euch einen Brief an den Vorstand der Akademie angeboten. Seid Ihr zu stolz, ihn anzunehmen, Junker?"

„Nein, gnädiger Herr", entgegnete d'Artagnan, „ich stehe Euch dafür ein, daß es mit diesem nicht gehen soll wie mit dem anderen. Ich werde ihn so gut bewahren, daß er, ich schwöre es Euch, an seine Adresse gelangen soll, und wehe dem, der es versuchen würde, ihn mir zu rauben."

Herr von Treville lächelte bei dieser Großsprecherei, ließ seinen jungen Landsmann in der Fensternische zurück, wo die Unterredung stattgefunden hatte, setzte sich an einen Tisch und schrieb den versprochenen Empfehlungsbrief. Während dieser Zeit begann d'Artagnan, da er nichts Besseres zu tun hatte, einen Marsch auf den Fensterscheiben zu trommeln, beschaute die Musketiere, welche sich einer nach dem anderen entfernten, und folgte ihnen mit seinen Blicken, bis sie an der Straßenecke verschwanden.

Nachdem Herr von Treville den Brief geschrieben hatte, versiegelte er ihn, stand auf, aber gerade in dem Augenblick, wo d'Artagnan die Hand ausstreckte, um ihn in Empfang zu nehmen, sah Herr von Treville mit großem Staunen, wie sein Schützling einen Sprung machte, vor Zorn feuerrot wurde und aus dem Kabinett stürzte mit dem Ruf:

„Ah! Gottes Blut! Diesmal soll er mir nicht entkommen"

„Wer denn?" fragte Herr von Treville.

„Er, mein Dieb", antwortete d'Artagnan. „Ha, Verräter!"

Und er verschwand.

„Närrischer Teufel!" murmelte Herr von Treville. „Wenn

das nicht eine geschickte Art ist, sich davonzumachen, weil er gesehen hat, daß sein Streich fehlgegangen ist."

3. Kapitel

Athos' Schulter, Porthos' Wehrgehenk und Aramis'Taschentuch

Wutentbrannt hatte d'Artagnan in drei Sprüngen das Vorzimmer hinter sich und stürzte zur Treppe, deren Stufen er zu vieren hinabeilen wollte, als er blindlings stürmend einem Musketier, der durch eine Nebentür von Herrn von Treville kam, so an die Schulter stieß, daß dieser aufschrie.

„Entschuldigt mich", sagte d'Artagnan, der seinen Lauf fortzusetzen versuchte, „entschuldigt mich, aber ich habe es eilig."

Kaum war er die erste Treppe hinab, als ihn eine eiserne Hand packte und zurückhielt.

„Ihr habt Eile", rief der Musketier, bleich wie ein Leintuch, „unter diesem Vorwand stoßt Ihr mich? Ihr sagt: ‚Entschuldigt mich', und glaubt, das genügt? Nicht ganz, junger Mann. Glaubt Ihr, weil Ihr Herrn von Treville heute wenig kavaliermäßig mit uns sprechen hörtet, man könnte uns so behandeln, wie er mit uns spricht? Laßt Euch diesen Wahn vergehen, Ihr seid noch nicht Herr von Treville!"

„Meiner Treu", erwiderte d'Artagnan, der Arthos erkannte, der, nachdem der Arzt den Verband angelegt hatte, wieder zu seiner Wohnung zurückkehrte, „meiner Treu, ich habe es nicht absichtlich getan, und weil ich es nicht absichtlich getan habe, sagte ich: ‚Entschuldigt mich.' Das scheint mir genug zu sein. Ich wiederhole aber, daß ich Eile habe, große Eile. Laßt mich los, ich bitte Euch, laßt mich dahin, wo ich hin muß."

„Mein Herr", sprach Athos, „Ihr seid nicht artig. Man sieht, daß Ihr aus der Provinz kommt."

D'Artagnan hatte schon drei bis vier Stufen hinter sich, aber Athos' Bemerkung hielt ihn auf der Stelle fest.

„Bei Gott! Mein Herr", sprach er, „aus so weiter Ferne ich auch kommen mag, so werdet Ihr mir doch keinen Unterricht in feinen Manieren erteilen, das sage ich Euch." – „Vielleicht", erwiderte Athos. – „Oh! Wenn ich nicht so große Eile hätte", rief d'Artagnan, „und wenn ich nicht einem nachlaufen würde ..." – „Ei, mein eiliger Herr, mich werdet Ihr finden, ohne mir nachzulaufen, versteht Ihr?" – „Und wo dies, bitte?" – „Bei den Karmeliter-Barfüßern." – „Wann?" – „Gegen Mittag." – „Gegen Mittag, gut, ich werde dort sein." – „Laßt mich nicht lange warten, denn ein Viertel nach zwölf laufe ich Euch nach, das sage ich Euch, und schneide Euch die Ohren im Laufen ab." –

„Gut! Ich werde zehn Minuten vor zwölf da sein."

Und er fing wieder an zu rennen, als ob ihn der Teufel holte, in der Hoffnung, seinen Unbekannten zu finden, den sein ruhiger Gang noch nicht weit geführt haben konnte.

Aber am Straßentor plauderte Porthos mit einem wachestehenden Soldaten. Zwischen den zwei Sprechenden war gerade Raum für einen Mann. D'Artagnan glaubte, dieser Raum würde genügen und stürzte vor, um wie ein Pfeil zwischen beiden durchzuschießen. Aber d'Artagnan hatte ohne den Wind gerechnet. Als er eben im Begriff war durchzurennen, fing sich der Wind in Porthos' langem Mantel, und d'Artagnan prallte gerade in den Mantel hinein. Porthos hatte ohne Zweifel Gründe, diesen wesentlichen Teil seiner Kleidung nicht preiszugeben, denn statt den Stoff, den er festhielt, fahren zu lassen, zog er ihn an sich, so daß d'Artagnan durch eine drehende Bewegung, die sich leicht durch den Widerstand des hartnäckigen Porthos erklären läßt, sich in den Samtstoff verwickelte.

Als d'Artagnan den Musketier fluchen hörte, wollte er sich unter dem Mantel, der ihm die Sicht nahm, hervorarbeiten und suchte in den Falten seinen Weg. Er fürchtete besonders die Frische des uns bereits bekannten glänzenden Wehrgehenks beeinträchtigt zu haben. Als er aber schüchtern die Augen öffnete, bemerkte er, daß seine Nase sich zwischen Porthos' beiden Schultern, das heißt gerade auf dem Wehrgehenk befand. Ah! Wie die meisten Dinge dieser Welt, die nur den Schein für sich haben, war das Wehrgehenk vorn aus Gold und hinten aus Büffelleder. Da Porthos, dieser richtige Hochmutsnarr, kein ganz goldenes Wehrgehenk haben konnte, so hatte er wenigstens die Hälfte davon. Jetzt begreift man die Notwendigkeit des Schnupfens und das dringende Bedürfnis eines Mantels.

„Donner und Teufel!" rief Porthos, während er sich mit aller Gewalt anstrengte, von d'Artagnan loszukommen, der ihm am Rücken klebte, „seid Ihr denn wahnsinnig, daß Ihr Euch so auf die Leute werft!"

„Entschuldigt mich", sagte d'Artagnan, als er wieder unter den Schultern des Riesen erschien, „aber ich hatte Eile, ich laufe einem nach, und..."

„Vergeßt Ihr vielleicht Eure Augen, wenn Ihr jemand nachlauft?" fragte Porthos.

„Nein", antwortete d'Artagnan gereizt, „nein, und meinen Augen habe ich es sogar zu danken, daß ich das sehe, was andere nicht sehen."

Porthos verstand oder verstand nicht, jedenfalls packte ihn der Zorn, und er rief:

„Mein Herr, man wird Euch zu striegeln wissen, wenn Ihr Euch an Musketieren reibt."

„Striegeln", sagte d'Artagnan mit aufsteigendem Zorn, „das Wort ist hart."

„Es ist das Wort eines Mannes, der seinen Feinden ins Gesicht zu sehen gewohnt ist."

"Oh! Bei Gott, ich weiß wohl, daß Ihr den Eurigen den Rücken nicht zukehrt."

Und über seinen Witz entzückt, entfernte sich der junge Mann lachend.

Porthos schäumte vor Wut und machte eine Bewegung, um über d'Artagnan herzufallen.

"Später, später", rief dieser, "wenn Ihr Euren Mantel nicht mehr anhabt."

"Um ein Uhr also, hinter dem Luxembourg."

"Nun gut, um ein Uhr", erwiderte d'Artagnan und ging um die Straßenecke.

Aber weder in der Straße, die er durchlaufen hatte, noch in der jetzigen, sah er irgend jemanden. So langsam der Unbekannte auch gegangen sein mochte, so hatte er doch einen Vorsprung gewonnen. Vielleicht war er auch in ein Haus eingetreten. D'Artagnan erkundigte sich bei allen, denen er begegnete, nach ihm, ging bis zur Fähre hinab und wieder durch die Rue de Seine und la Croix-Rouge hinauf, aber nichts, durchaus nichts. Dieses Laufen war jedoch insoweit für ihn vorteilhaft, als je mehr der Schweiß seine Stirn überströmte, desto mehr kühlte sein Gemüt sich ab. Er fing nun an, über die Ereignisse, die er soeben durchlebt hatte, nachzudenken. Es war kaum elf Uhr und bereits hatte ihm der Morgen die Ungunst des Herrn von Treville zugezogen, der die Art und Weise, wie d'Artagnan ihn verlassen hatte, wenig kavaliermäßig finden mußte. Dann war er zwei Duelle mit Männern eingegangen, von denen jeder imstande war, drei d'Artagnans zu töten, kurz mit zwei Musketieren, mit zwei von diesen Wesen, die er so hoch schätzte, daß er sie in seinem Geist und in seinem Herzen über alle anderen Menschen stellte.

Die Lage war traurig. In der Überzeugung, von Athos getötet zu werden, kümmerte sich der junge Mann begreiflicherweise nicht viel um Porthos. Da jedoch die Hoffnung das letzte ist, was in dem Herzen des Menschen erlischt, so fing er wirklich an zu hoffen, er könnte diese zwei Duelle, freilich mit furchtbaren Wunden, überleben.

Immer weiter marschierend und mit sich selbst sprechend, war d'Artagnan bis auf einige Schritte von dem Hotel d'Aiguillon gelangt, und vor diesem Hotel hatte er Aramis wahrgenommen, der mit drei Edelleuten von der Leibwache des Königs plauderte. Aramis bemerkte d'Artagnan ebenfalls. Da er nicht vergaß, daß sich Herr von Treville diesen Morgen in seiner Gegenwart so stark ausgedrückt hatte, und da ein Zeuge der Vorwürfe, die den Musketieren zuteil wurden, ihm in keiner Beziehung angenehm war, so gab er sich den Anschein, als würde er ihn gar nicht sehen. D'Artagnan aber, der im Gegenteil ganz mit seinen Versöhnungs- und Höflichkeitserklärungen beschäftigt war, näherte sich den vier jungen Leuten und machte eine tiefe Verbeugung. Aramis nickte leicht mit dem Kopf. Alle vier unterbrachen jedoch ihr Gespräch.

D'Artagnan war nicht so töricht, um nicht einzusehen, daß er hier zuviel war, aber er hatte in den Manieren der großen Welt noch nicht genug Gewandtheit, um sich auf eine geschickte Art aus einer schiefen Lage zu ziehen. Er suchte eben in seinem Inneren nach einem Mittel, sich auf die beste Weise zurückzuziehen, als er sah, daß Aramis ein Taschentuch entfallen war, auf das er, ohne Zweifel aus Unachtsamkeit, seinen Fuß gestellt hatte. Dies schien ihm der günstige Augenblick zu sein, um seine Ungeschicklichkeit wiedergutzumachen. Er bückte sich, zog mit der verbindlichsten Miene, die er sich zu geben vermochte, das Taschentuch unter dem Fuß des Musketiers hervor, wie sehr dieser sich auch anstrengte, es zurückzuhalten, und sprach, indem er es ihm übergab:

„Ich glaube, mein Herr, Ihr würdet dieses Taschentuch wohl nicht gern verlieren."

Das Taschentuch war reich bestickt und hatte eine Krone und ein Wappen in einer seiner Ecken. Aramis errötete im höchsten Grad und riß das Taschentuch förmlich aus den Händen des Gascogners.

„Aha!" rief einer der Umstehenden, „wirst du noch behaupten, du stehst schlecht mit Frau von Bois-Tracy, da diese anmutige Dame die Gefälligkeit hat, dir ihre Taschentücher zu leihen?"

Aramis schleuderte d'Artagnan einen tödlichen Blick zu, aber mit süßlicher Miene sprach er:

„Ihr täuscht euch, meine Herren, dieses Taschentuch gehört mir nicht, und ich weiß nicht, warum es diesem Menschen in den Kopf gekommen ist, es eher mir als einem von euch zuzustellen. Zum Beweis ist hier das meinige in meiner Tasche."

Bei diesen Worten zog er sein eigenes Taschentuch hervor, ebenfalls ein sehr elegantes, feines Batisttuch, obgleich Batist damals noch teuer war, aber ohne Wappen, ohne Stickerei und nur mit einem einzigen Namenszug, dem seines Eigentümers, bezeichnet.

Diesmal gab d'Artagnan keinen Ton von sich. Er hatte seinen Mißgriff erkannt. Aber die Freunde von Aramis ließen sich durch sein Leugnen nicht überzeugen, und einer von ihnen wandte sich mit geheucheltem Ernst an ihn und sprach:

„Wenn es so wäre, wie du behauptest, mein lieber Aramis, so würde ich mich genötigt sehen, es von dir zurückzufordern, denn Bois-Tracy ist, wie du weißt, einer meiner besten Freunde, und man soll keine Trophäen aus dem Eigentum seiner Gattin machen."

„Du stellst dein Verlangen nicht auf die geeignete Weise", erwiderte Aramis, „und während ich die Gerechtigkeit deiner Forderung im Grunde würdige, müßte ich sie der Form wegen zurückweisen."

„In der Tat", wagte d'Artagnan schüchtern zu bemerken, „ich habe das Tuch nicht aus Aramis' Tasche fallen sehen. Er hatte den Fuß darauf, das ist alles, und weil er den Fuß darauf hatte, glaubte ich, das Taschentuch gehöre ihm."

„Und Ihr habt Euch getäuscht", antwortete Aramis kalt, ohne auf diese Entschuldigung Wert zu legen. Dann wandte er sich an denjenigen, welcher sich für den Freund von Bois-Tracy ausgegeben hatte, und fuhr fort: „Überdies, du lieber Busenfreund Bois-Tracys, wenn ich es recht bedenke, bin ich selbst ein nicht weniger zärtlicher Freund von ihm, als du es sein kannst, so daß dieses Tuch sowohl aus deiner Tasche als auch aus der meinen gefallen sein kann."

„Nein, auf Ehre", rief der Soldat von der Leibwache Seiner Majestät.

„Du schwörst bei deiner Ehre und ich bei meinem Wort, und dabei muß nun notwendig einer von uns beiden lügen. Halt, es ist das gescheiteste, Montaran, es nimmt jeder von uns die Hälfte davon."

„Von dem Taschentuch?"

„Ja."

„Vortrefflich", riefen die beiden anderen. „Das Urteil Salomos. Aramis, du bist wirklich ein Weiser."

Die jungen Leute brachen in Gelächter aus, und die Sache hatte, wie man sich denken kann, keine weiteren Folgen. Nach einem Augenblick hörte das Gespräch auf, die drei Soldaten von der Leibwache und der Musketier drückten sich herzlich die Hände und gingen auseinander.

„Das ist der Augenblick, um mit diesem artigen Mann Frieden zu schließen", sagte d'Artagnan, der sich während des letzten Teils der Unterredung etwas abseits gehalten hatte, zu sich selbst, und mit dieser freundlichen Gesinnung trat er zu Aramis, der sich entfernte, ohne ihm weitere Aufmerksamkeit zu schenken.

„Mein Herr", sprach er, „Ihr werdet mich hoffentlich entschuldigen."

„Ah! Mein Herr", unterbrach ihn Aramis, „erlaubt mir,

Euch zu sagen, daß Ihr in dieser Sache nicht gehandelt habt, wie ein artiger Mann hätte handeln müssen."

„Wie, Herr! Ihr meint..."

„Ich meine, Herr, daß Ihr kein Dummkopf seid, und daß Ihr, obwohl Ihr aus der Gascogne kommt, genau wißt, daß man nicht ohne Grund auf Taschentücher tritt. Was, zum Teufel, Paris ist nicht mit Batist gepflastert."

„Mein Herr, Ihr habt unrecht, daß Ihr mich zu demütigen sucht", sagte d'Artagnan, bei dem die angeborene Streitsucht lauter sprach als seine friedlichen Entschlüsse. „Ich bin allerdings aus der Gascogne, und da Ihr dies wißt, so brauche ich Euch nicht zu sagen, daß die Gascogner wenig Geduld besitzen, und wenn sie sich einmal entschuldigt haben, sei es auch wegen einer Grobheit, so sind sie überzeugt, daß sie um die Hälfte mehr getan haben, als sie hätten tun sollen."

„Mein Herr", erwiderte Aramis, „was ich Euch sage, sage ich nicht aus Streitsucht. Ich gehöre – Gott sei Dank – nicht zu den Raufbolden, und da ich nur vorläufig Musketier bin, so schlage ich mich bloß, wenn ich dazu genötigt werde, und stets mit Widerstreben. Aber diesmal ist es eine Angelegenheit von Belang, denn Ihr habt die Ehre einer Dame gefährdet."

„Ich? Was wollt Ihr damit sagen?" rief d'Artagnan. „Warum hattet Ihr die Ungeschicklichkeit, mir dieses Taschentuch zu geben?" – „Warum hattet Ihr die Ungeschicklichkeit, es fallen zu lassen?" – „Ich habe gesagt und wiederhole, mein Herr, daß dieses Tuch nicht aus meiner Tasche ist." – „Nun, dann habt Ihr zweimal gelogen, mein Herr, denn ich habe es selbst herausfallen sehen." – „Ha! Ihr sprecht in diesem Tone, Herr Gascogner? Nun wohl! Ich werde Euch Lebensart beibringen." – „Und ich werde Euch in Eure Messe zurückschicken, mein Herr Abbé. Zieht vom Leder, und zwar sogleich, wenn es Euch gefällt!"

„Nein, mit Eurer Erlaubnis, mein Freund, wenigstens nicht hier. Seht Ihr nicht, daß wir dem Hotel d'Aiguillon gegenüberstehen, das voll von Kreaturen des Kardinals ist? Wer sagt mir, daß Euch nicht Seine Eminenz beauftragt hat, ihm meinen Kopf zu verschaffen? Nun halte ich viel auf meinen Kopf, da er mir sehr gut steht. Ich werde Euch schon töten, seid ganz ruhig, aber in Stille, an einem heimlichen, verborgenen Ort, damit Ihr Euch vor niemandem Eures Todes rühmen könnt." – „Es mag wohl sein, aber verlaßt Euch nicht darauf, und nehmt Euer Taschentuch mit, ob es Euch gehört oder nicht. Ihr habt vielleicht Gelegenheit, es zu benützen." –

„Um zwei Uhr werde ich die Ehre haben, Euch im Hotel des Herrn von Treville zu erwarten, dort zeige ich Euch geeignete Stellen."

Die zwei jungen Leute grüßten, Aramis ging die Straße hinauf, die zum Luxembourg führte, während d'Artagnan, als er sah, daß die bestimmte Stunde kam, den Weg zum Barfüßerkloster einschlug. Dabei sagte er zu sich selbst: „Ich kann offenbar nicht mit dem Leben davonkommen, aber wenn ich getötet werde, so werde ich doch wenigstens von einem Musketier getötet."

4. Kapitel

Die Musketiere des Königs und die Leibwache des Herrn Kardinals

D'Artagnan kannte niemand in Paris. Er ging daher zu dem bestimmten Ort, ohne einen Sekundanten mitzubringen, entschlossen, sich mit denen zu begnügen, die sein Gegner gewählt haben würde. Überdies war es ausdrücklich seine Pflicht, offen, aber zugleich ohne Schwäche, jede

Entschuldigung auszusprechen. Er fürchtete, dieses Duell könne die gewöhnliche Folge eines solchen Handelns haben, wenn sich ein junger und kräftiger Mann mit einem verwundeten und geschwächten Gegner schlägt: Überwunden, verdoppelt er den Triumph seines Widersachers, als Sieger wird er der Pflichtvergessenheit und eines billigen Muts angeklagt.

Wenn wir den Charakter unseres Abenteurers nicht schlecht geschildert haben, so kann es den Lesern nicht entgangen sein, daß d'Artagnan durchaus kein gewöhnlicher Mensch war. Während er stets wiederholte, daß sein Tod unvermeidlich sei, war er durchaus nicht willens, ganz geduldig zu sterben, wie ein anderer weniger mutiger Mensch an seiner Stelle getan haben würde. Er zog die verschiedenen Charaktere derjenigen in Betracht, mit denen er sich schlagen sollte, und fing an, seine Lage klarer zu sehen. Durch die Entschuldigungen, die er auszusprechen gedachte, hoffte er Athos, dessen vornehmes Aussehen und stolze Miene ihm ungemein gefielen, zum Freund zu gewinnen. Er schmeichelte sich, Porthos mit dem Wehrgehenk-Abenteuer einzuschüchtern, das er, wenn er nicht auf der Stelle getötet würde, jedermann erzählen könnte, und eine solche Erzählung, sagte er sich, müßte, auf eine geschickte Weise verbreitet, Porthos höchst lächerlich machen. Vor dem duckmäuserischen Aramis war ihm nicht besonders bange, und wenn es bis zu ihm käme, so meinte er, würde es ihm schon gelingen, ihn ganz abzufertigen oder wenigstens durch tüchtige Hiebe in das Gesicht für immer die Schönheit zugrunde zu richten, auf die er so stolz war.

Dann besaß d'Artagnan jenen unerschütterlichen Grundstock von Entschlossenheit, den in seinem Gemüt die Ermahnungen seines Vaters gebildet hatten, welche darauf hinausliefen, daß er von niemand, außer von dem König, dem Kardinal und von Herrn von Treville etwas dulden sollte. Er flog also beinahe zum Kloster der Karmeliter-Barfüßer, einem fensterlosen Gebäude, das an unfruchtbaren zur Schreiberwiese gehörigen Wiesen lag und von Leuten, die keine Zeit verlieren wollten, gewöhnlich zu Zweikämpfen benutzt wurde.

Als d'Artagnan auf dem kleinen, unbebauten Platz ankam, der sich am Fuß des Klosters befand, wartete Athos erst seit fünf Minuten, und es schlug gerade zwölf. Er war also pünktlich wie die Samaritanerin, und der strengste Duellspezialist hätte nichts auszusetzen gehabt.

Athos, der noch immer an seiner Wunde litt, obwohl sie um neun Uhr vom Chirurgen des Herrn von Treville verbunden worden war, saß auf einem Brunnen und erwartete seinen Gegner in ruhiger Haltung und mit würdiger Miene, die ihn nie verließ. Beim Anblick d'Artagnans stand er auf und ging ihm höflich einige Schritte entgegen. Dieser näherte sich seinem Widersacher, den Hut in der Hand.

„Mein Herr", sagte Athos, „ich habe zwei von meinen Freunden benachrichtigen lassen, die mir als Sekundanten dienen werden. Aber diese zwei Freunde sind noch nicht eingetroffen. Ich wundere mich über ihr langes Ausbleiben, denn es ist sonst nicht ihre Gewohnheit."

„Ich selbst habe keinen Sekundanten, mein Herr", erwiderte d'Artagnan, „denn erst gestern in Paris eingetroffen, kenne ich hier niemanden, außer Herrn von Treville, dem ich durch meinen Vater empfohlen worden bin, welcher sich zu seinen Freunden zu zählen die Ehre hat."

Athos überlegte einen Augenblick.

„Ihr kennt nur Herrn von Treville?" fragte er.

„Ja, mein Herr, ich kenne nur ihn."

„Nun dann", fuhr Athos halb mit sich selbst, halb zu d'Artagnan sprechend fort, „wenn ich Euch töte, werde ich das Ansehen eines Kinderfressers haben!"

„Nicht zu sehr, mein Herr", erwiderte d'Artagnan mit einer Verbeugung, „nicht gar zu sehr, da Ihr mir die Ehre erweist, den Degen gegen mich mit einer Wunde zu ziehen, die Euch sehr belästigen muß."

„Sie ist mir wirklich sehr lästig, und ich muß Euch sagen, Ihr habt mir sehr weh getan. Aber ich werde die linke Hand nehmen, was unter solchen Umständen meine Gewohnheit ist. Glaubt nicht, daß ich Euch eine Gnade gewähre, denn ich fechte gleich gut mit beiden Händen. Ja! Ihr seid sogar im Nachteil, ein Linkshänder ist sehr unbequem für Leute, die nicht zuvor davon in Kenntnis gesetzt sind. Ich bedaure daher ungemein, Euch diesen Umstand nicht früher mitgeteilt zu haben."

„Mein Herr", sagte d'Artagnan, „Ihr seid in der Tat von einer Höflichkeit, wofür ich Euch höchst verpflichtet bin."

„Ihr macht mich verlegen", erwiderte Athos mit seiner edelmännischen Miene; „Ich bitte, sprechen wir von etwas anderem, wenn es Euch nicht unangenehm ist. Ah, Gottes Blut! Wie habt Ihr mir weh getan! Die Schulter brennt mir."

„Wenn Ihr mir erlauben wollt ...", sagte d'Artagnan.

„Was denn, mein Herr?"

„Ich besitze einen Wunderbalsam für Wunden, einen Balsam, den mir meine Mutter gegeben hat, und von dem ich an mir selbst eine Probe gemacht habe."

„Nun?"

„Nun, ich bin überzeugt, daß dieser Balsam Euch in weniger als drei Tagen heilen würde, und nach Ablauf dieser drei Tage, mein Herr, wäre es mir immer eine große Ehre, Euch zu Diensten zu stehen."

D'Artagnan sprach die Worte mit einer Einfachheit, die seinen höflichen Sitten Ehre machte.

„Bei Gott, mein Herr", sagte Athos, „das ist ein Vorschlag, der mir gefällt. Nicht, als ob ich ihn annehmen würde, aber auf eine Meile erkennt man daran den Edelmann."

„Wenn Ihr Eile habt, mein Herr", sagte d'Artagnan zu Athos mit derselben Einfachheit, womit er ihm soeben einen dreitägigen Aufschub vorgeschlagen hatte, „wenn Ihr Eile habt, so fangen wir gleich an."

„Abermals ein Wort, das mir gefällt", sprach Athos mit freundlichem Kopfnicken. „Er ist nicht ohne Geist und hat sicherlich Herz", dachte er. „Mein Herr, ich liebe die Leute Eures Schlags, und sehe, daß ich, wenn wir uns nicht töten, später ein großes Vergnügen an Eurer Unterhaltung finden werde. Wir wollen diese Herren abwarten, denn ich habe Zeit genug, und so wird es korrekter sein. Ah, ich glaube, da kommt einer!"

Am Ende der Rue de Vaugirard erschien wirklich der riesige Porthos.

„Wie", rief d'Artagnan, „Euer erster Zeuge ist Herr Porthos?" – „Ja! Ist Euch dies etwa unangenehm?" – „Nein, keineswegs." – „Und hier ist der zweite." – D'Artagnan wandte sich nach der von Athos bezeichneten Seite um und erkannte Aramis.

„Wie!" rief er mit noch größerer Verwunderung, „Euer zweiter Zeuge ist Herr Aramis?" – „Allerdings! Wißt Ihr nicht, daß man nie einen von uns ohne den anderen sieht, und daß man uns bei den Musketieren wie bei den Leibwachen, bei Hof wie in der Stadt Athos, Porthos und Aramis, oder die drei Unzertrennlichen nennt? Da Ihr jedoch von Dax oder von Pau kommt ..." – „Von Tarbes", sagte d'Artagnan. – „So ist es Euch erlaubt, diese Dinge nicht zu wissen", sprach Athos. – „Meiner Treu", erwiderte d'Artagnan, „man nennt Euch mit Recht so, und mein Abenteuer, wenn es einiges Aufsehen macht, wird wenigstens beweisen, daß Eure Verbindung nicht auf Kontrasten beruht."

Währenddessen kam Porthos näher und begrüßte Athos. Dann blieb er, sich zu d'Artagnan umwendend, sehr erstaunt stehen.

Beiläufig bemerken wir, daß er sein Wehrgehenk gewechselt und seinen Mantel abgelegt hatte.

„Aha!" rief er, „was ist das?" – „Mit diesem Herrn schlage ich mich", sprach Athos und deutete mit der Hand auf d'Artagnan. – „Ich schlage mich ebenfalls mit ihm", sagte Porthos. – „Aber erst um ein Uhr", erwiderte d'Artagnan. – „Und ich schlage mich auch mit diesem Herrn", sagte Aramis, der in diesem Augenblick herankam.

„Aber erst um zwei Uhr", entgegnete d'Artagnan.

„Doch sage mir, warum schlägst du dich, Athos?" fragte Aramis. – „Meiner Treu, ich weiß es nicht, er hat mir an der Schulter weh getan. Du, Porthos?" – „Meiner Treu, ich schlage mich, weil ich mich schlage", antwortete Porthos errötend.

Athos, dem nichts entging, sah, wie sich ein feines Lächeln über die Lippen des Gascogners hinzog.

„Wir haben einen Toilettenstreit gehabt", sagte der junge Mann.

„Und du, Aramis?" fragte Athos.

„Ich schlage mich wegen eines theologischen Themas", antwortete Aramis. Dabei gab er d'Artagnan ein Zeichen, durch das er ihn bat, die Ursache ihres Duells geheimzuhalten.

Athos sah ein zweites Lächeln über d'Artagnans Lippen schweben.

„Wirklich?" sagte Athos.

„Ja, wegen des Heiligen Augustin, über den wir verschiedener Meinung sind", erwiderte der Gascogner.

„Das ist entschieden ein gescheiter Kerl", murmelte Athos.

„Und nun, da Ihr beisammen seid, meine Herren", sagte d'Artagnan, „erlaubt mir meine Entschuldigungen vorzutragen."

Bei dem Wort Entschuldigungen zog eine Wolke über Athos' Stirn. Ein hochmütiges Lächeln glitt über die Lippen von Porthos, und ein verneinendes Zeichen war die Antwort von Aramis.

„Ihr versteht mich nicht, meine Herren", sagte d'Artagnan mit hochgeworfenem Haupt. „Ich bitte Euch um Vergebung, falls ich nicht imstande sein sollte, meine Schuld an alle drei abzutragen; denn Herr Athos hat das Recht, mich zuerst zu töten, was Eurer Schuldforderung, Herr Porthos, viel von ihrem Wert nimmt und die Eurige, Herr Aramis, beinahe zunichte macht. Und nun, meine Herren, wiederhole ich, entschuldigt mich, aber nur in dieser Beziehung, und ausgelegt!"

Nach diesen Worten zog d'Artagnan elegant seinen Degen. Das Blut war ihm in den Kopf gestiegen, und er hätte in diesem Augenblick seinen Degen gegen alle Musketiere des Königreichs gezogen.

Es war ein Viertel nach zwölf Uhr. Die Sonne stand im Zenit, und die zum Schauplatz des Zweikampfes gewählte Stelle war völlig ihrer Glut ausgesetzt.

„Es ist sehr warm", sagte Athos, ebenfalls seinen Degen ziehend, „und dennoch kann ich mein Wams nicht ablegen. Ich habe soeben gefühlt, daß meine Wunde blutet, und ich müßte den Herrn zu belästigen fürchten, wenn ich ihn Blut sehen ließe, dessen Fließen er nicht selbst veranlaßt hätte."

„Das ist wahr, mein Herr", sagte d'Artagnan, „und ich versichere Euch, daß ich, mag die Wunde durch mich oder durch einen anderen veranlaßt sein, stets mit Bedauern das Blut eines so braven Edelmanns sehen werde. Ich werde mich also ebenfalls im Wams schlagen."

„Vorwärts!" rief Porthos, „genug der Artigkeit! Bedenkt, daß wir warten, bis die Reihe an uns kommt."

„Sprecht für Euch allein, Porthos, wenn Ihr solche Ungereimtheiten vorzubringen habt", unterbrach ihn Aramis. „Ich für meine Person finde die Dinge, die sich diese Herren sagen, sehr gut gesagt und zweier Edelleute vollkommen würdig."

„Wenn's beliebt, mein Herr", sprach Athos und legte aus.

„Ich erwarte Eure Befehle", entgegnete d'Artagnan den Degen kreuzend.

Aber die beiden Degen hatten kaum bei ihrer Berührung geklirrt, als eine Korporalschaft von der Leibwache Seiner Eminenz, von Herrn von Jussac, befehligt, sich an der Ecke des Klosters zeigte.

„Die Leibwache des Kardinals!" riefen Porthos und Aramis. „Die Degen weg, meine Herren, die Degen weg!"

Aber es war zu spät. Man hatte die zwei Kämpfenden in einer Stellung gesehen, welche keinen Zweifel über ihre Absichten zuließ.

„Hallo!" rief Jussac, indem er auf sie zuging. „Hallo! Musketiere, man schlägt sich also hier? Und die Edikte, wie steht es damit?"

„Ihr seid sehr edelmütig, meine Herren Gardisten", sagte Athos voll Groll, denn Jussac war einer von den vorgestrigen Angreifern. „Wenn wir sehen, daß ihr euch schlagt, so stehe ich euch dafür, daß wir uns wohl hüten werden, euch daran zu hindern. Laßt uns also gewähren, und ihr sollt ein Vergnügen haben, das euch gar keine Mühe kostet."

„Meine Herren", entgegnete Jussac, „zu meinem größten Bedauern erkläre ich, daß dies unmöglich ist. Unsere Pflicht geht vor. Steckt bitte ein und folgt uns!"

„Mein Herr", sprach Aramis, Jussac parodierend, „mit größtem Vergnügen würden wir Eurer freundlichen Einladung Folge leisten, wenn es von uns abhinge, aber leider ist dies unmöglich. Herr von Treville hat es uns verboten. Geht also, das ist das beste, was Ihr tun könnt."

Dieser Spott brachte Jussac außer sich.

„Wir greifen euch an, wenn ihr nicht gehorcht."

„Sie sind zu fünft", sagte Athos mit leiser Stimme, „und wir sind nur drei. Wir werden wieder geschlagen und müssen hier sterben, denn ich erkläre, daß ich mich nicht vor dem Kapitän blicken lasse als Besiegter."

Athos, Porthos und Aramis traten gleich näher zusammen, während Jussac seine Leute in Linie aufstellte.

Dieser einzige Augenblick genügte d'Artagnan, seinen Entschluß zu fassen. War dies eines der Ereignisse, die über das Leben eines Menschen entscheiden, so war eine Wahl zwischen dem König und dem Kardinal zu treffen, und hatte er gewählt, so mußte er dabei bleiben. Wenn er sich schlug, beging er einen Ungehorsam gegen das Gesetz, wagte seinen Kopf und machte sich einen Minister zum Feind, der mächtiger als der König selbst war. Dies begriff der junge Mann, und wir haben zu seinem Lob zu erwähnen, daß er nicht eine Sekunde zögerte. Er wandte sich an Athos und seine Freunde und sagte:

„Ich habe an Euren Worten, wenn es erlaubt ist, etwas auszusetzen. Ihr sagt, ihr wärt nur zu dritt, doch mir scheint, wir sind zu viert."

„Ihr gehört ja nicht zu den Unseren", sprach Porthos.

„Allerdings", entgegnete d'Artagnan, „nicht der Uniform, aber dem Herzen nach. Mein Herz ist das eines Musketiers, das fühle ich, meine Herren, und das reißt mich fort."

„Entfernt Euch, junger Mann", rief Jussac, der ohne Zweifel aus Gebärden und Ausdruck die Absicht d'Artagnans erraten hatte. „Ihr könnt Euch zurückziehen, wir erlauben es. Rettet Eure Haut, geht geschwind."

D'Artagnan wich nicht von der Stelle.

„Ihr seid wirklich ein herrlicher Junge", sagte Athos und drückte dem Gascogner die Hand.

„Vorwärts, entschließen wir uns", sprach Jussac.

„Auf!" sagten Porthos und Aramis, „Wir müssen etwas tun."

„Ihr seid zu edelmütig", sprach Athos.

Alle drei zogen die Jugend d'Artagnans in Betracht und fürchteten seine Unerfahrenheit.

„Wir werden mit dem Verwundeten nur drei sein, denn

diesen Jungen können wir nicht rechnen, und trotzdem wird es heißen, wir seien vier Mann hoch gewesen."

„Ja, aber zurückweichen!" entgegnete Porthos. – „Das ist schwierig", sagte Athos. – „Es ist unmöglich!" bemerkte Aramis.

D'Artagnan begriff ihre Unentschlossenheit.

„Meine Herren, stellt mich auf die Probe", rief er. „Ich schwöre euch bei meiner Ehre, daß ich nicht von dieser Stelle weiche, wenn wir besiegt sind."

„Wie heißt Ihr, mein Braver?" sagte Athos.

„D'Artagnan, mein Herr."

„Nun wohl, Athos, Porthos, Aramis und d'Artagnan, vorwärts!" rief Athos.

„Gut, meine Herren, ihr habt euch entschieden?" rief Jussac zum drittenmal.

„So ist es", entgegnete Athos.

„Und was denkt ihr zu tun?" fragte Jussac.

„Wir werden die Ehre haben, euch anzugreifen", antwortete Aramis, indem er mit der einen Hand seinen Hut und mit der anderen den Degen zog.

„Ah! Ihr leistet Widerstand!" rief Jussac.

„Gottes Blut! Darüber wundert Ihr Euch?"

Und die neun Kämpfer stürzten mit einer Wut aufeinander los, die eine gewisse Methode nicht ausschloß. Athos nahm einen gewissen Cahusac, den Liebling des Kardinals, auf sich. Porthos hatte Biscarat gegen sich, und Aramis sah sich zwei Feinden gegenüber. D'Artagnan hatte gegen Jussac zu kämpfen.

Das Herz des jungen Gascogners schlug ihm bis zum Hals – nicht aus Furcht, denn davon hatte er keinen Schatten, sondern aus Eifer. Er kämpfte wie ein wütender Tiger, drehte sich zehnmal um seinen Gegner und veränderte zwanzigmal seine Stellung und sein Terrain. Jussac war, wie man es damals nannte, ein Freund der Klinge, und hatte viel Übung, aber nur mit großer Mühe konnte er sich gegen einen Widersacher wehren, der rasch und behend alle Augenblicke von den Regeln der Kunst abwich und von allen Seiten angriff, dabei aber wie ein Mensch parierte, der seiner Haut die größte Rücksicht widmet. Endlich verlor Jussac bei diesem Streit die Geduld. Wütend darüber, daß er von einem Menschen in Schach gehalten wurde, den er für ein Kind angesehen hatte, erhitzte er sich und fing an, sich Blößen zu geben. D'Artagnan, der in Ermangelung der Praxis eine gründliche Theorie besaß, verdoppelte seine Anstrengungen. Jussac wollte der Sache ein Ende machen und führte einen furchtbaren Streich gegen d'Artagnan. Dieser parierte aber, und während Jussac sich wieder erhob, stieß er ihm, schlangenartig unter seinem Stahl hingleitend, den Degen durch den Leib. Jussac fiel wie eine träge Masse zu Boden.

D'Artagnan warf einen raschen, unruhigen Blick auf das Schlachtfeld.

Aramis hatte bereits einen seiner Gegner getötet, aber der andere bedrängte ihn lebhaft. Doch war Aramis in einer guten Stellung und konnte sich noch verteidigen.

Biscarat und Porthos hatten gleichzeitig gegeneinander gestoßen. Porthos hatte einen Degenstich durch den Arm und Biscarat einen durch den Schenkel bekommen. Aber da weder die eine noch die andere Wunde bedeutend war, so fochten sie nur mit um so größerer Erbitterung.

Abermals von Cahusac verwundet, erbleichte Athos sichtbar, wich jedoch keinen Fußbreit zurück. Er hatte nur den Degen in die andere Hand genommen und schlug sich jetzt mit der linken.

D'Artagnan konnte nach den Duellgesetzen jener Zeit jedem beistehen. Während er mit den Augen einen seiner Gefährten suchte, der Hilfe brauchte, erhaschte er einen Blick von Athos. Dieser Blick war in hohem Grade beredt. Athos wäre lieber gestorben, als daß er um Hilfe gerufen hätte. Aber er konnte blicken und so Unterstützung fordern. D'Artagnan erriet ihn, machte einen Sprung und fiel Cahusac mit dem Ruf in die Seite:

„Gegen mich, mein Herr Gardist, oder ich töte Euch!"

Cahusac wandte sich um, es war höchste Zeit. Athos, den nur sein Mut aufrecht erhalten hatte, fiel auf die Knie.

„Gottes Blut!" rief er d'Artagnan zu, „tötet ihn nicht, junger Mann, ich bitte Euch, ich habe eine alte Geschichte mit ihm abzumachen, wenn ich geheilt bin. Entwaffnet ihn nur, bindet ihm den Degen. So! So! Gut! Sehr gut!"

Cahusacs Degen flog zwanzig Fuß weit weg. D'Artagnan und Cahusac stürzten zugleich auf ihn zu, der eine, um ihn wieder zu ergreifen, der andere, um sich seiner zu bemächtigen. Aber d'Artagnan kam zuerst an und setzte seinen Fuß darauf.

Cahusac lief nach dem Degen des Gardisten, den Aramis getötet hatte, bemächtigte sich seiner und wollte gegen d'Artagnan zurückgehen, aber auf dem Weg begegnete er Athos, der während dieser kurzen Pause, die ihm d'Artagnan verschaffte, Atem geschöpft hatte und den Kampf wieder beginnen wollte, damit d'Artagnan ihm seinen Feind nicht töten konnte.

D'Artagnan begriff, daß es eine Unhöflichkeit gewesen wäre, Athos nicht gewähren zu lassen. Nach einigen Sekunden stürzte Cahusac wirklich, die Kehle von einem Degenstich durchbohrt, nieder. In diesem Augenblick setzte Aramis seinem niedergeworfenen Feind den Degen auf die Brust und nötigte ihn, um Gnade zu bitten.

Nun blieben noch Porthos und Biscarat übrig. Porthos erlaubte sich während des Kampfes tausenderlei Prahlereien, fragte Biscarat, wieviel Uhr es wohl sei, und beglückwünschte ihn wegen der Kompanie, die sein Bruder beim Regiment Navarra bekommen hatte. Aber er gewann nichts mit diesen Spöttereien. Biscarat war einer von jenen Eisenmännern, die nur fallen, wenn sie tot sind.

Es mußte aber ein Ende gemacht werden. Die Wache konnte kommen und alle Kämpfer, verwundete oder nicht, Royalisten oder Kardinalisten, verhaften. Athos, Aramis und d'Artagnan stellten sich um Biscarat und forderten ihn auf, sich zu ergeben. Obwohl allein gegen alle, mit einem Degenstich durch den Schenkel, wollte Biscarat standhalten. Jussac aber, der sich auf seinen Ellbogen erhoben hatte, rief ihm zu, er sollte sich ergeben. Biscarat war ein Gascogner wie d'Artagnan. Er stellte sich taub, bezeichnete zwischen zwei Paraden eine Stelle auf dem Boden und sagte: „Hier wird Biscarat sterben!"

„Aber sie sind vier, hör' auf, ich befehle es dir!"

„Ah! Wenn du es befiehlst, dann ist es etwas anderes", erwiderte Biscarat; „da du mein Brigadier bist, so muß ich dir gehorchen." Und mit einem Sprung rückwärts zerbrach er seinen Degen, um ihn nicht übergeben zu müssen, warf die Stücke über die Klostermauer und kreuzte, ein kardinalistisches Lied pfeifend, die Arme über der Brust.

Mut wird immer geachtet, selbst bei einem Feind. Die Musketiere grüßten Biscarat mit ihren Degen und steckten diese wieder in die Scheide. D'Artagnan tat dasselbe und trug dann, unterstützt von Biscarat, der allein aufrecht geblieben war, Jussac, Cahusac und denjenigen von den Gegnern des Aramis, der nur eine Wunde bekommen hatte, in die Klosterhalle. Der vierte war, wie gesagt, tot. Dann zogen sie an der Glocke und wanderten, nachdem vier Degen über fünf den Sieg davongetragen hatten, freudetrunken zum Hotel des Herrn von Treville. Man sah sie Arm in Arm die ganze Breite der Straße einnehmen und jeden Musketier, dem sie begegneten, herbeirufen, so daß am Ende ein wahrer Triumphzug daraus wurde. D'Artagnans Herz schwamm in Seligkeit. Er ging zwischen Athos und Porthos, die er eng an sich drückte.

„Wenn ich auch nicht wirklich Musketier bin", sagte er

zu seinen neuen Freunden, als er die Schwelle des Trevilleschen Hotels überschritt, „so bin ich doch wenigstens als Lehrling aufgenommen, nicht wahr?"

5. Kapitel

Seine Majestät König Ludwig XIII.

Dieser Vorfall erregte großes Aufsehen. Herr von Treville äußerte sich laut sehr ungehalten über seine Musketiere und wünschte ihnen in der Stille Glück. Da aber keine Zeit zu verlieren war, um den König zu benachrichtigen, so begab er sich eiligst in den Louvre. Er kam aber schon zu spät. Der König war mit dem Kardinal eingeschlossen. Man sagte, er arbeite und könne in diesem Augenblick niemanden empfangen. Abends kam Herr von Treville zum Spiel des Königs. Der König gewann, und da Seine Majestät sehr geizig war, so war er auch bester Laune. Sobald der König Treville erblickte, rief er ihm zu: „Kommt her, Herr Kapitän, daß ich Euch ausschelte; wißt Ihr, daß Seine Eminenz Eure Musketiere bei mir verklagt hat, und vor lauter Ärger krank geworden ist? Ei, ei, es sind doch leibhaftige Teufel, wahre Galgenstricke, Eure Musketiere!"

„Nein, Sire", erwiderte Treville, der mit dem ersten Blick bemerkte, welche Wendung die Sache nahm, „nein, sie sind im Gegenteil ganz gute, lammfromme Jungen, und ich hafte dafür, daß sie keinen anderen Wunsch hegen, als daß ihr Degen nur im Dienste Eurer Majestät steht. Aber was wollt Ihr? Die Leibwachen des Herrn Kardinals suchen unablässig Streit mit ihnen, und für die Ehre des Korps sehen sich die armen jungen Leute zur Verteidigung genötigt."

„Hört, Herr von Treville", sagte der König, „hört Ihn! Sollte man nicht glauben, Er spreche von einem religiösen Orden? In der Tat, mein lieber Kapitän, ich habe Lust, Euch Euer Patent abzunehmen und es Fräulein von Chemerault zu geben, der ich eine Abtei zugesagt habe. Hofft aber nicht, daß ich Euch aufs Wort glauben werde. Man nennt mich Ludwig den Gerechten, und wir werden das gleich sehen!"

„Gerade, weil ich auf diese Gerechtigkeit baue, erwarte ich ruhig und geduldig, was Eurer Majestät beliebt."

„Wartet nur, wartet nur, ich werde Euch nicht lange warten lassen", sprach der König.

Das Glück nahm wirklich eine Wendung, und da der König seinen Gewinn zu verlieren anfing, so war es ihm nicht unangenehm, daß er einen Vorwand erhielt, um – man entschuldige den Spielerausdruck, dessen Ursprung wir nicht kennen – „Charlemagne" zu machen. Der König stand bald auf, steckte das Gold, das vor ihm lag, in die Tasche und sagte:

„Vieuville, nehmt meinen Platz ein. Ich habe in wichtigen Angelegenheiten mit Herrn von Treville zu verhandeln. Ah... ich hatte achtzig Louisdor vor mir. Legt dieselbe Summe auf, damit diejenigen, die verloren haben, sich nicht beklagen können. Vor allem Gerechtigkeit." Dann wandte er sich an Herrn von Treville, ging mit ihm zu einer Fensternische und fuhr fort:

„Nun, mein Herr, Ihr sagt, die Leibwachen Seiner Eminenz haben Streit mit Euren Musketieren angefangen?"

„Ja, Sire, wie immer."

„Und wie kam das? Sprecht, denn Ihr wißt, mein lieber Kapitän, ein Richter muß alle Parteien hören!"

„Ach! Mein Gott! Auf die einfachste und natürlichste Weise. Drei meiner besten Soldaten, die Eure Majestät dem Namen nach kennt, und deren Ergebenheit Ihr mehr als einmal gewürdigt habt und denen, wie ich Eurer Majestät versichern kann, Euer Dienst sehr am Herzen liegt – drei von meinen besten Soldaten, die Herren Athos, Porthos und Aramis, machten eine Lustpartie mit einem Junker aus der Gascogne, den ich ihnen heute morgen empfohlen hatte. Die Partie sollte, wie ich glaube, in Saint-Germain stattfinden, und sie waren bei den Karmeliter-Barfüßern zusammengetroffen, als sie von Herrn Jussac, den Herren Cahusac und Biscarat und zwei anderen Gardisten gestört wurden, die gewiß nicht ohne eine schlimme Absicht gegen die Edikte in so zahlreicher Gesellschaft dorthin kamen."

„Aha! Ihr bringt mich auf einen Gedanken, sie haben gewiß die Absicht gehabt, sich selbst zu schlagen."

„Ich klage nicht an, Sire, aber ich überlasse es Eurer Majestät zu bedenken, was fünf bewaffnete Männer an einem so öden, verlassenen Ort tun können."

„Ja, Ihr habt recht, Treville! Ihr habt recht!"

„Als sie meine Musketiere erblickten, gaben sie ihren Plan auf und vergaßen ihren Privathaß über dem Korpshaß. Es ist ja Eurer Majestät nicht unbekannt, daß die Musketiere, die ganz und gar nur dem König gehören, die natürlichen Feinde der Gardisten sind, die dem Herrn Kardinal angehören."

„Ja, Treville, ja", sagte der König schwermütig, „es ist sehr traurig, glaubt mir, in Frankreich zwei Parteien, zwei Köpfe des Königtums zu sehen, aber dies alles soll ein Ende nehmen. Ihr sagt also, die Gardisten haben Streit mit den Musketieren gesucht?"

„Ich sage, daß die Sache wahrscheinlich so vor sich ging, aber ich schwöre nicht, Sire. Ihr wißt, wie schwer es ist, die Wahrheit zu erkennen, und wenn man nicht mit dem bewunderungswürdigen Instinkt begabt ist, der Ludwig XIII. den Beinamen „der Gerechte" erworben hat..."

„Und Ihr habt recht, Treville, aber Eure Musketiere waren nicht allein, es war noch ein Junge dabei."

„Ja, Sire, und ein verwundeter Mann, so daß drei Musketiere des Königs, darunter ein Verwundeter, und ein Junge nicht allein gegen fünf der furchtbarsten Gardisten des Herrn Kardinals standgehalten, sondern auch vier von ihnen niedergestoßen haben."

„Aber das ist ja ein wahrer Sieg!" rief der König ganz strahlend, „ein vollständiger Sieg!"

„Ja, Sire, ebenso vollständig als der von Pont de Cé!"

„Vier Mann, darunter ein Verwundeter und ein Junge, sagt Ihr?"

„Kaum ein Jüngling, der sich bei dieser Gelegenheit so gut geschlagen hat, daß ich mir die Freiheit nehme, ihn Eurer Majestät zu empfehlen."

„Wie heißt er?"

„D'Artagnan, Sire. Er ist der Sohn meines ältesten Freundes, der Sohn eines Mannes, der mit Eurem königlichen Vater glorreichen Andenkens manchen Krieg mitgemacht hat."

„Und Ihr sagt, dieser junge Mensch habe sich gut benommen? Erzählt mir das, Treville! Ihr wißt, ich liebe Erzählungen vom Krieg und Kämpfen."

Und der König richtete sich auf und strich sich stolz den Schnurrbart.

„Sire", erwiderte Treville, „Herr d'Artagnan ist, wie ich Euch gesagt habe, beinahe noch ein Kind, und da er nicht die Ehre hat, Musketier zu sein, so trug er zivile Kleidung. Als die Gardisten des Herrn Kardinals erkannten, wie jung er war und daß er nicht zum Korps gehörte, so forderten sie ihn auf, sich zurückzuziehen, ehe sie angreifen würden." – „Ihr seht also, Treville", unterbrach ihn der König, „daß sie der angreifende Teil gewesen sind." – „Allerdings, Sire, es gibt keinen Zweifel mehr. Sie forderten ihn also auf, sich zu entfernen, er aber antwortete, er sei seinem Herzen nach Musketier und gehöre ganz und gar Seiner Majestät, werde also bei den Musketieren bleiben." –

„Tapferer Junge!" murmelte der König. – „Er blieb in der Tat bei ihnen, und Eure Majestät hat einen so treuen Anhänger an ihm, daß er es war, der Jussac den furchtbaren Degenstich beibrachte, worüber der Herr Kardinal so sehr erbost ist." – „Er hat Jussac verwundet?" rief der König. „Dieser Junge! Das ist unmöglich, Treville." – „Es ist, wie ich Eurer Majestät gesagt habe." – „Jussac, einer der besten Degen des Königreichs!" – „Jawohl, Sire, er hat seinen Meister gefunden." – „Ich will diesen jungen Menschen sehen, Treville, ich will ihn sehen, und wenn man etwas für ihn tun kann, nun, wir werden die Sache in Betracht ziehen." – „Wann wird Eure Majestät ihn empfangen?" – „Morgen um die Mittagsstunde, Treville." – „Soll ich ihn allein bringen?" – „Nein, bringt mir alle vier miteinander. Ich will allen zugleich danken. Ergebene Männer sind selten, Treville, und man muß die Ergebenheit belohnen." – „Um die Mittagsstunde werden wir im Louvre sein." – „Ja, über die kleine Treppe, Treville, über die kleine Treppe, der Kardinal braucht es nicht zu erfahren ..." – „Sehr wohl, Sire." – „Ihr versteht, Treville, ein Edikt bleibt ein Edikt, und es ist schließlich verboten, sich zu schlagen." – „Aber dieses Zusammentreffen, Sire, liegt ganz außerhalb der gewöhnlichen Bedingungen des Duells, es ist ein Streit, und es dient überdies zum Beweis, daß fünf Leibwachen des Kardinals gegen meine drei Musketiere und Herrn d'Artagnan waren." – „Das ist richtig", sprach der König, „aber egal, kommt nur über die kleine Treppe."

Treville lächelte, da es aber schon viel war, daß er dieses Kind dazu gebracht hatte, sich gegen seinen Erzieher aufzulehnen, so verbeugte er sich ehrfurchtsvoll vor dem König und verabschiedete sich mit dessen Erlaubnis.

Schon am gleichen Abend wurden die drei Musketiere von der ihnen gewährten Ehre benachrichtigt. Da sie den König schon seit langer Zeit kannten, so gerieten sie dadurch nicht besonders in Feuer, aber d'Artagnan mit seiner gascognischen Einbildungskraft erblickte darin sein zukünftiges Glück und brachte die Nacht in goldenen Träumen hin. Schon um acht Uhr morgens war er bei Athos.

D'Artagnan fand den Musketier vollständig angezogen und zum Ausgehen bereit. Da man sich erst mittags bei dem König einzufinden hatte, so beabsichtigte er mit Porthos und Athos eine Partie in einem nahe bei den Ställen des Luxembourg liegenden Ballspielhaus zu machen. Athos lud d'Artagnan ein, ihn zu begleiten, und obwohl er dieses Spiel nicht kannte, an dem er nie teilgenommen hatte, willigte er ein, da er nicht wußte, was er von neun Uhr morgens bis Mittag mit seiner Zeit anfangen sollte.

Die zwei Musketiere waren schon eingetroffen und spielten miteinander zum Zeitvertreib, ohne die Regeln zu beachten. Athos, der in allen körperlichen Übungen sehr stark war, stellte sich ihnen mit d'Artagnan gegenüber und forderte sie heraus. Aber bei seiner ersten Bewegung bemerkte er, obwohl er mit der linken Hand spielte, daß seine Wunde noch zu frisch war, um eine solche Übung zu gestatten. D'Artagnan blieb also allein, und da er sich für zu ungeschickt erklärte, um eine regelrechte Partie aufrechtzuerhalten, fuhr man fort, sich Bälle zuzuwerfen, ohne das Spiel zu berechnen. Aber einer von den Bällen flog, von Porthos' herkulischer Faust geschleudert, so nahe an d'Artagnans Gesicht vorüber, daß, wenn er ihn getroffen hätte, seine Audienz verloren gewesen wäre, weil ihn dieser ohne jeden Zweifel außerstande gesetzt hätte, vor dem König zu erscheinen. Da nun seiner gascognischen Einbildungskraft zufolge von dieser Audienz seine ganze Zukunft abhing, so verbeugte er sich höflich vor Porthos und Aramis und erklärte, er würde die Partie nicht eher wieder aufnehmen, als bis er imstande wäre, ihnen Widerstand zu leisten, worauf er einen Platz auf der Galerie einnahm.

Unglücklicherweise befand sich unter den Zuschauern

ein Mann von der Leibwache Seiner Eminenz, der, noch ganz grimmig über die Niederlage, die seine Kameraden tags zuvor erlitten hatten, fest entschlossen war, die erste Gelegenheit zu ergreifen, um Rache zu nehmen. Er meinte, diese Gelegenheit biete sich ihm, und sagte, sich an seinen Nachbar wendend:

„Man darf sich nicht wundern, daß dieser junge Mensch vor einem Ball Angst hat, er ist ohne Zweifel ein Musketierlehrling."

D'Artagnan drehte sich um und schaute den Mann, der das freche Wort gesprochen, fest an.

„In Gottes Namen!" fuhr dieser, seinen Knebelbart aufkräuselnd, fort, „schaut mich an, solange Ihr wollt, mein kleiner Herr. Was ich gesagt habe, habe ich gesagt!" – „Und da das, was Ihr gesagt habt, zu klar ist, um einer Erläuterung zu bedürfen, so bitte ich Euch, mir zu folgen", antwortete d'Artagnan. – „Wann dies?" fragte der Gardist spöttisch. – „Sogleich, wenn es Euch beliebt." – „Und Ihr wißt ohne Zweifel, wer ich bin?" – „Ich, ich weiß es nicht und kümmere mich auch nicht darum." – „Ihr habt unrecht, denn wenn Ihr meinen Namen wüßtet, wäret Ihr vielleicht weniger eilig." – „Wie heißt Ihr?" – „Bernajoux." – „Nun, mein Herr Bernajoux", erwiderte d'Artagnan ruhig, „ich werde Euch vor der Tür erwarten." – „Geht, mein Herr, ich folge Euch." – „Beeilt Euch nicht zu sehr, mein Herr, damit man nicht merkt, daß wir miteinander gehen. Ihr begreift, daß bei unserem Geschäft zu viele Menschen lästig wären." – „Ganz gut", antwortete der Gardist erstaunt, daß sein Name keine größere Wirkung auf den jungen Menschen ausübte.

Der Name Bernajoux war wirklich jedermann bekannt, d'Artagnan allein ausgenommen. Er war einer von denen, die am häufigsten bei den täglichen Streitigkeiten vorkamen, die alle Edikte des Königs und des Kardinals nicht zu unterdrücken imstande gewesen waren.

Porthos und Aramis waren so sehr mit ihrer Partie beschäftigt, und Athos schaute ihnen mit so viel Aufmerksamkeit zu, daß sie nicht einmal ihren jungen Freund hinausgehen sahen, der, wie er zu dem Gardisten Seiner Eminenz gesagt hatte, vor der Tür wartete. Einen Augenblick später folgte ihm Bernajoux. Da d'Artagnan keine Zeit zu verlieren hatte, da die Audienz bei dem König auf die Mittagsstunde gesetzt war, so schaute er sich um und sagte zu seinem Gegner, als er keinen Menschen auf der Straße erblickte:

„Meiner Treu! Es ist ein Glück für Euch, obwohl Ihr Bernajoux heißt, daß Ihr es nur mit einem Musketierlehrling zu tun habt. Seid aber ruhig, ich werde mir alle Mühe geben. Legt aus!" – „He!" erwiderte der Mann, den d'Artagnan auf die Art herausforderte, „mir scheint dieser Platz sehr schlecht gewählt, wir wären viel besser hinter der Abtei Saint-Germain oder auf der Schreiberwiese." – „Was Ihr da sagt, ist sehr verständig", entgegnete d'Artagnan; „aber leider verfüge ich nur über wenig Zeit, da ich gerade um zwölf Uhr ein Rendezvous habe. Ausgelegt also, mein Herr, ausgelegt!"

Bernajoux war nicht der Mann, der eine solche Aufforderung zweimal ergehen ließ. Im gleichen Augenblick glänzte sein Degen in seiner Hand und er fiel gegen seinen Widersacher aus, den er leicht einzuschüchtern hoffte.

Aber d'Artagnan hatte den Tag vorher seine Lehre bestanden, und ganz frisch geschliffen durch seinen Sieg, ganz aufgeblasen von seinem zukünftigen Glück, war er entschlossen, keine Handbreit zurückzuweichen. Die zwei Degen waren auch gleich gebunden, und da d'Artagnan fest auf der Stelle blieb, so machte sein Gegner einen Schritt rückwärts. Aber d'Artagnan ergriff den Augenblick, als bei dieser Bewegung die Klinge Bernajoux' von der Linie abwich, machte seine Klinge los, führte einen Hieb von oben herunter und traf seinen Gegner in die Schulter.

Sofort machte d'Artagnan seinerseits einen Schritt rückwärts und hob seinen Degen in die Höhe, aber Bernajoux rief ihm zu, es sei nichts, stürzte wie blind auf ihn los und rammte sich selbst in den Degen seines Feindes. Da er indessen nicht fiel, da er sich nicht für besiegt erklärte, sondern nur seine Stellung in Richtung Hotel des Herrn de la Tremouille zu einnahm, in dessen Diensten er einen Verwandten hatte, so bedrängte ihn d'Artagnan, der nicht wußte, wie schwer sein Gegner verwundet war, auf das lebhafteste und hätte ihn ohne Zweifel mit einem dritten Streich umgebracht, als auf das Geräusch, das von der Straße bis zu dem Ballspiel hinaufdrang, zwei der Freunde des Gardisten, die ihn einige Worte mit d'Artagnan wechseln und hinausgehen gesehen hatten, mit dem Degen in der Faust aus dem Ballhaus stürzten und über den Sieger herfielen. Aber sogleich erschienen Athos, Porthos und Aramis ebenfalls und nötigten die zwei Gardisten in dem Augenblick, wo sie ihren jungen Kameraden angriffen, zum Rückzug. Jetzt fiel Bernajoux zu Boden, und da die Gardisten nur zwei gegen vier waren, so schrien sie: „Zu Hilfe, Hotel de la Tremouille!" Auf dieses Geschrei lief alles, was sich in dem Hotel befand, heraus und fiel über die vier Kameraden her, die ihrerseits: „Uns zu Hilfe, Musketiere!" zu schreien anfingen.

Dieser Ruf fand in der Regel Gehör, denn man kannte die Musketiere als Feinde Seiner Eminenz und liebte sie wegen ihres Hasses gegen den Kardinal. Auch ergriffen die Gardisten der Kompanien, die nicht dem Roten Herzog gehörten, wie ihn Aramis genannt hatte, in der Regel bei diesen Streitigkeiten Partei für die Musketiere des Königs. Von drei Gardisten der Kompanie des Herrn des Essarts, die vorübergingen, kamen also zwei den vier Kameraden zu Hilfe, während der andere zum Hotel des Herrn von Treville lief und dort: „Zu Hilfe, Musketiere, uns zu Hilfe!" rief. Da gewöhnlich das Hotel des Herrn von Treville voll von Soldaten war, die ihren Kameraden schnell zu Hilfe eilten, so wurde das Gefecht allgemein, aber die Oberhand blieb auf seiten der Musketiere. Die Gardisten des Kardinals und die Leute des Herrn de la Tremouille zogen sich in das Hotel zurück, dessen Tore sie noch zeitig genug verrammelten, um ihre Feinde daran zu hindern, sie weiter zu bedrängen. Den Verwundeten hatte man gleich anfangs in sehr schlimmem Zustand weggebracht.

Die Aufregung hatte unter den Musketieren und ihren Verbündeten den höchsten Grad erreicht, und man beratschlagte bereits, ob man nicht, um die Unverschämtheit der Bediensteten des Herrn de la Tremouille zu bestrafen, die es gewagt hatten, Musketiere des Königs anzufallen, Feuer an das Hotel legen sollte. Der Vorschlag wurde gemacht und mit Begeisterung aufgenommen, als es zum Glück elf Uhr schlug. D'Artagnan und seine Gefährten erinnerten sich ihrer Audienz, und da sie es bedauert hätten, wenn ein so schöner Streich ohne sie ausgeführt worden wäre, so suchten sie die Köpfe zu beschwichtigen, was ihnen auch gelang. Man begnügte sich, einige Pflastersteine an die Tore zu werfen, aber diese widerstanden, und man war der Sache müde. Zudem hatten diejenigen, welche man als Anführer des Unternehmens betrachten mußte, seit einigen Augenblicken die Gruppe verlassen und gingen zum Hotel des Herrn von Treville, der sie, bereits von diesem Handgemenge unterrichtet, erwartete.

„Rasch in den Louvre", sagte er, „in den Louvre, ohne einen Augenblick zu verlieren, wir müssen den König sehen, ehe uns der Kardinal zuvorgekommen ist. Wir erzählen ihm die Sache als eine Folge der gestrigen Angelegenheit, und beides wird zusammen durchgehen."

Herr von Treville begab sich in Begleitung der vier jungen Leute zum Louvre, aber mit großem Erstaunen hörte der Kapitän der Musketiere, der König sei im Wald von Saint-Germain auf Hirschjagd. Herr von Treville ließ sich diese Nachricht zweimal wiederholen, und jedesmal merkten seine Begleiter, wie sich sein Gesicht verdüsterte.

„Hatte Seine Majestät schon gestern die Absicht, diese Jagd vorzunehmen?" fragte er.

„Nein, Eure Exzellenz", antwortete der Kammerdiener, „der Oberjäger meldete diesen Morgen, man habe vergangene Nacht einen Hirsch zu Seiner Majestät Verlustierung bestellt. Anfangs antwortete der König, er werde nicht gehen, aber er konnte der Lust nicht widerstehen, die ihm diese Jagd gewähren sollte, und er entfernte sich nach dem Frühstück!"

„Und hat der König den Kardinal gesehen?" fragte Herr von Treville.

„Aller Wahrscheinlichkeit nach", antwortete der Kammerdiener, „denn ich habe heute früh den Wagen Seiner Eminenz angespannt gesehen. Ich fragte, wohin sie ginge, und man antwortete mir: Nach Saint-Germain."

„Man ist uns zuvorgekommen", sagte Herr von Treville. „Meine Herren, ich werde den König heute abend sprechen. Euch aber rate ich nicht, euch dorthin zu wagen."

Dieser Rat war vernünftig und kam von einem Mann, der den König zu gut kannte, als daß die vier jungen Leute widersprochen hätten. Herr von Treville forderte sie auf, nach Hause zu gehen und auf Nachricht von ihm zu warten.

In sein Hotel zurückgekehrt, überlegte jedoch Herr von Treville, daß es für ihn das klügste wäre, zuerst Klage zu führen. Er schickte deshalb einen seiner Bediensteten zu Herrn de la Tremouille mit einem Brief, worin er ihn bat, die Leibwache des Herrn Kardinals aus seinem Haus zu entfernen und seinen Leuten einen Verweis dafür zu geben, daß sie die Frechheit gehabt hätten, einen Ausfall gegen Musketiere zu machen. Aber bereits durch seinen Stallmeister unterrichtet, mit dem Bernajoux, wie man weiß, verwandt war, ließ ihm Herr de la Tremouille antworten, es sei weder an Herrn von Treville noch an seinen Musketieren, sich zu beklagen, sondern im Gegenteil an ihm, dessen Leute von den Musketieren angegriffen und verwundet worden seien, und dem sie sein Hotel hätten in Brand stecken wollen. Da jedoch der Streit zwischen diesen beiden hohen Herren lange hätte dauern können, indem natürlich jeder auf seiner Meinung beharren mußte, so ersann Herr von Treville ein Mittel, durch das er die ganze Sache beenden wollte. Es bestand einfach darin, Herrn de la Tremouille selbst aufzusuchen.

Er begab sich also umgehend in dessen Hotel und ließ sich melden.

Die beiden Herren begrüßten sich sehr höflich, denn wenn sie auch keine enge Freundschaft verband, so achteten sie sich doch gegenseitig. Beide waren Männer von Herz und Ehre, und da Herr de la Tremouille, ein Protestant, den König nur selten sah und keiner Partei angehörte, so übertrug er gewöhnlich in seinem gesellschaftlichen Umgang kein Vorurteil. Diesmal war jedoch sein Empfang, obgleich höflich, kälter als die Etikette erlaubte.

„Mein Herr", sagte Herr von Treville, „jeder von uns glaubt, er habe sich über den anderen zu beklagen, und ich bin gekommen, damit wir diese Angelegenheit gemeinschaftlich bereinigen." – „Gern", erwiderte Herr de la Tremouille, „aber ich habe zu bemerken, daß ich gut unterrichtet bin, und daß alles Unrecht auf seiten Eurer Musketiere zu suchen ist." – „Ihr seid ein zu vernünftiger und gerechter Mann, mein Herr", sagte Herr von Treville, „um den Vorschlag nicht anzunehmen, den ich Euch machen will." – „Macht ihn, ich höre." – „Wie geht es Herrn Bernajoux, dem Vetter Eures Stallmeisters?" – „Sehr schlecht. Außer dem nicht besonders gefährlichen Degenstich, den er in den Arm bekommen hat, ist ihm noch ein anderer durch die Lunge versetzt worden, und der Arzt prophezeit das Schlimmste." – „Hat der Verwundete sein Bewußtsein behalten?" – „Vollkommen." – „Spricht er?" – „Mit einiger Schwierigkeit, aber er spricht." – „Nun gut, mein Herr, gehen wir zu ihm. Beschwören wir ihn im Namen Gottes, vor den er vielleicht bald treten wird, die Wahrheit zu sagen. Er soll Richter in eigener Sache sein, und was er sagt, werde ich glauben."

Herr de la Tremouille überlegte einen Augenblick und willigte dann ein, da man nicht gut einen anständigeren Vorschlag machen konnte.

Beide gingen in das Zimmer hinab, wo der Verwundete lag. Als dieser die Edelleute eintreten sah, versuchte er, sich zu erheben, aber er war zu schwach, durch diese kurze Anstrengung fiel er beinahe bewußtlos zurück.

Herr de la Tremouille ließ ihn an flüchtigen Salzen riechen, die ihn wieder ins Leben zurückriefen. Herr von Treville forderte Herrn de la Tremouille auf, den Kranken selbst zu fragen, damit man ihn nicht beschuldigen könne, er habe Einfluß ausgeübt.

Es geschah, was Herr von Treville vorhergesehen hatte. Zwischen Tod und Leben dachte Bernajoux nicht einen Augenblick daran, die Wahrheit zu verschweigen, und erzählte den beiden Herren den Vorfall ganz, wie er sich ereignet hatte.

Das war alles, was Herr von Treville haben wollte. Er wünschte Bernajoux eine baldige Genesung, nahm von Herrn de la Tremouille Abschied, kehrte sogleich in sein Hotel zurück und ließ die vier Freunde benachrichtigen, daß er sie zum Mittagessen erwarte.

Herr von Treville empfing sehr gute, jedoch antikardinalistische Gesellschaft. Man begreift leicht, daß sich das Gespräch während des ganzen Mittagessens um die beiden Niederlagen drehte, die die Gardisten Seiner Eminenz erlitten hatten. Da nun d'Artagnan der Held dieser zwei Tage gewesen war, so fielen ihm alle Glückwünsche zu, die ihm Athos, Porthos und Aramis nicht nur als gute Kameraden, sondern auch als Männer überließen, an denen die Reihe schon oft genug gewesen war.

Gegen sechs Uhr äußerte Herr von Treville, er sei verpflichtet, sich in den Louvre zu begeben. Da jedoch die von Seiner Majestät bewilligte Audienzstunde vorüber war, stellte er sich, statt Eingang über die kleine Treppe zu fordern, mit den vier jungen Leuten im Vorzimmer auf. Der König war noch nicht von der Jagd zurückgekommen. Unsere jungen Leute warteten unter der Schar der Höflinge kaum eine halbe Stunde, als sich alle Türen öffneten und man den König ankündigte.

Bei dieser Ankündigung bebte d'Artagnan bis ins Mark. Der nächstfolgende Augenblick sollte aller Wahrscheinlichkeit nach über sein ganzes Leben entscheiden. Seine Augen waren voll Furcht auf die Tür gerichtet, durch welche Seine Majestät eintreten mußte.

Ludwig XIII. erschien zuerst im Vorzimmer. Er trug ein noch ganz verstaubtes Jagdgewand, hatte große Stiefel an und hielt eine Peitsche in der Hand. Auf den ersten Blick erkannte d'Artagnan, daß im Geist des Königs ein Sturm tobte.

So sichtbar auch diese Stimmung bei Seiner Majestät war, so hielt sie die Höflinge doch nicht ab, sich in den königlichen Vorgemächern in einer Gasse aufzustellen. Für sie ist es immer noch besser, lieber mit einem zornigen Auge als gar nicht gesehen zu werden. Die drei Musketiere zögerten also nicht und traten einen Schritt vor, während d'Artagnan hinter ihnen verborgen blieb. Aber obwohl der König Athos, Porthos und Aramis persönlich kannte, ging er doch an ihnen vorüber, ohne sie anzuschauen, ja, ohne mit ihnen zu sprechen. Als die Augen des Königs sich einen Moment auf Herrn von Treville hefteten, hielt dieser dem Blick mit solcher Festigkeit stand, daß der König sein Gesicht abwandte, worauf Seine Majestät unter ständigem Gemurre sich in seine Privaträume zurückzog.

„Die Sache steht schlimm", sagte Athos lächelnd, „und man wird uns diesmal noch nicht zu Ordensrittern schlagen."

„Wartet hier zehn Minuten", sprach Herr von Treville, „und wenn ihr mich nach Ablauf dieser Zeit nicht herauskommen seht, so kehrt in mein Hotel zurück, denn es ist unnütz, daß ihr dann länger hier bleibt."

Die jungen Leute warteten zehn Minuten, eine Viertelstunde, zwanzig Minuten. Als sie sahen, daß Herr von Treville nicht wieder erschien, entfernten sie sich, sehr beunruhigt.

Herr von Treville war mutig in das Kabinett des Königs getreten und hatte Seine Majestät in sehr übler Laune gefunden, was ihn nicht davon abhielt, den König mit dem größten Phlegma nach seinem Befinden zu fragen.

„Es steht schlecht, mein Herr, sehr schlecht", erwiderte der König, „ich langweile mich."

Dies war in der Tat die schlimmste Krankheit Ludwigs XIII., der häufig einen seiner Höflinge am Arm nahm, in eine Fensternische zog und ihm sagte: „Mein Herr, langweilen wir uns doch zusammen."

„Wie! Eure Majestät langweilt sich", sprach Herr von Treville, „habt Ihr heute nicht die Jagd genossen?"

„Ein schönes Vergnügen! Auf Ehre, ganz entartet, und ich weiß nicht, ob das Wild keine Fährte mehr hat oder ob die Hunde keine Nase mehr haben. Wir treiben einen Zehnender auf, wir reiten ihm sechs Stunden nach, und als er eben im Begriff ist haltzumachen, als Simon eben das Horn an den Mund setzen will, um Halali zu blasen, hast du's nicht gesehen, verschlägt die ganze Meute die Spur und schießt einem Spießbock nach! Ihr werdet sehen, daß ich genötigt bin, auf diese Jagd Verzicht zu leisten, wie ich auf die Beize verzichtet habe. Ach! Ich bin ein sehr unglücklicher König, Herr von Treville. Ich hatte nur noch einen Geierfalken, er ist vorgestern gestorben."

„In der Tat, Sire, ich begreife Eure Verzweiflung, aber ich denke, es bleibt Euch noch eine gute Anzahl an Beizvögeln übrig."

„Und kein Mensch, um sie abzurichten. Die Falkner verschwinden, und nur ich allein verstehe noch die Kunst dieser Art von Jägerei. Nach mir wird alles aus sein, und man wird nur noch mit Fuchs- und Marderfallen jagen. Wenn ich noch Zeit hätte, Schüler auszubilden! Aber nein, da ist der Herr Kardinal, der mir nicht einen Augenblick Ruhe läßt, der mir von Spanien vorschwatzt! Von Österreich, von England! Doch beim Kardinal fällt mir ein, Herr von Treville, ich bin unzufrieden mit Euch."

Herr von Treville hatte erwartet, daß der König zu diesem Schluß kommen würde. Er kannte ihn lange genug. Er wußte, daß alle diese Klagen nur eine Vorrede waren, um sich selbst zu ermutigen, und daß er dahin kommen wollte, wohin er jetzt gelangt war.

„Und wodurch habe ich das Unglück gehabt, Eurer Majestät zu mißfallen?" fragte Herr von Treville, tiefstes Erstaunen heuchelnd. – „Erfüllt Ihr auf diese Weise Eure Aufgabe, mein Herr", fuhr der König fort, ohne unmittelbar auf die Frage des Herrn von Treville zu antworten; „habe ich Euch deshalb zum Kapitän meiner Musketiere ernannt, daß sie einen Menschen ermorden, ein ganzes Quartier in Aufruhr bringen und Paris niederbrennen wollen, ohne daß Ihr mir ein Wort davon sagt? Doch während ich mich ereifere, Euch anzuklagen, sitzen die Ruhestörer ohne Zweifel bereits im Gefängnis, und Ihr kommt, um mir anzuzeigen, daß Gerechtigkeit geübt worden ist." – „Sire", antwortete Herr von Treville ruhig, „ich komme im Gegenteil, um diese von Euch zu verlangen." – „Und gegen wen?" rief der König. – „Gegen die Verleumder", sprach Herr von Treville. – „Ah! Das ist doch ganz neu", versetzte der König. „Werdet Ihr mir nicht zugestehen, daß sich Eure drei verdammten Musketiere, Athos, Porthos und

Aramis und Euer Junker aus dem Bearn wie Wütende auf den armen Bernajoux geworfen und den so mißhandelt haben, daß er wahrscheinlich noch in dieser Stunde stirbt? Werdet Ihr nicht zugeben, daß sie hierauf das Hotel des Herzogs de la Tremouille belagert haben und es in Brand stecken wollten, was in Kriegszeiten vielleicht kein sehr großes Unglück gewesen wäre, da es ja ein Hugenottennest ist, jedoch in Friedenszeiten ein ärgerliches Beispiel geben würde? Sagt, wollt Ihr all dies ableugnen?" – „Und wer hat Euch dieses schöne Märchen erzählt, Sire?" fragte Herr von Treville ruhig. – „Wer mir dieses schöne Märchen erzählt hat, mein Herr? Wer anders als derjenige, der wacht, wenn ich schlafe, der arbeitet, wenn ich mich belustige, der alles lenkt, innerhalb und außerhalb des Königreichs, in Frankreich wie auch in Europa?" – „Eure Majestät belieben ohne Zweifel von Gott zu sprechen", sagte Herr von Treville, „denn ich kenne niemanden als Gott, der so hoch über Eurer Majestät stünde." – „Nein, mein Herr, ich spreche von der Stütze des Staats, von meinem einzigen Diener, von meinem einzigen Freunde, von dem Herrn Kardinal." – „Seine Eminenz ist nicht Seine Heiligkeit, Sire!" – „Was wollt Ihr damit sagen, mein Herr?" – „Daß nur der Papst unfehlbar ist, und daß sich diese Unfehlbarkeit nicht auf die Kardinäle erstreckt." – „Ihr wollt behaupten, er täuscht mich? Ihr wollt behaupten, er verrät mich? Ihr klagt ihn also an. Seht, sprecht, gesteht freimütig, daß Ihr ihn anklagt." – „Nein, Sire, aber ich sage, daß er sich selbst täuscht, ich sage, daß er schlecht unterrichtet gewesen ist, ich sage, daß er sich beeilt hat, die Musketiere Eurer Majestät anzuklagen, gegen die er ungerecht ist, und daß er seine Nachrichten nicht aus guten Quellen geschöpft hat." – „Die Anklage kommt von Herrn de la Tremouille, vom Herzog selbst. Was habt Ihr hierauf zu erwidern?" – „Ich könnte erwidern, Sire, er sei zu sehr in die Sache verwickelt, um unparteiischer Zeuge bei dieser

Frage zu sein, aber weit entfernt, Sire, ich kenne den Mann als loyalen Edelmann, und ich stelle die Sache seinem Ausspruch anheim, jedoch unter einer Bedingung." – „Unter welcher?" – „Daß Eure Majestät ihn kommen läßt, ihn selbst Auge in Auge ohne Zeugen befragt, und daß ich vor Eurer Majestät sogleich erscheinen darf, sobald der Herzog dagewesen ist." –

„Gut so!" rief der König. „Und Ihr fügt Euch in das, was Herr de la Tremouille sagen wird?" – „Ja, Sire." – „Ihr unterwerft Euch der Genugtuung, die er fordert?" – „Vollkommen." – „La Chesnaye!" rief der König, „La Chesnaye!"

Der vertraute Kammerdiener des Königs, der sich immer in der Nähe aufhielt, trat ein.

„La Chesnaye", sprach der König, „gehe sogleich und hole Herrn de la Tremouille. Ich will ihn noch heute abend sprechen."

„Eure Majestät gibt mir Ihr Wort, daß sie niemand empfangen wird als Herrn de la Tremouille und mich?" – „Niemand, auf mein Wort!" – „Morgen also, Sire." – „Morgen, mein Herr." – „Wann, Eure Majestät?" – „Wann es Euch beliebt." – „Aber ich müßte Eure Majestät aufzuwecken befürchten, wenn ich zu früh käme." – „Mich aufwecken? Schlafe ich? Ich schlafe nicht mehr, mein Herr. Ich träume nur zuweilen, das ist alles. Kommt also so früh als Ihr wollt, um sieben Uhr etwa. Nehmt Euch aber in acht, wenn Eure Musketiere schuldig sind." – „Wenn meine Musketiere schuldig sind, Sire, so sollen die Schuldigen in die Hände Eurer Majestät ausgeliefert werden, welche nach Gutdünken über sie verfügen wird. Fordert Eure Majestät noch mehr, so mag sie sprechen, ich bin bereit, zu gehorchen." – „Nein, mein Herr, nein! Man hat mich nicht ohne Grund Ludwig den Gerechten genannt. Morgen also, mein Herr, morgen." – „Gott schütze Eure Majestät."

So wenig der König schlief, schlief Herr von Treville

75

doch noch viel schlechter. Er hatte noch am gleichen Tag den drei Musketieren und ihrem Gefährten Nachricht geben lassen, daß sie sich am anderen Morgen um halb sieben Uhr bei ihm einfinden sollten. Er nahm sie mit, ohne ihnen zu verbergen, daß ihr Glück und sogar das seine davon abhing, wie die Würfel fielen.

Unten an der kleinen Treppe angelangt, ließ er sie warten. Wenn der König gegen sie aufgebracht wäre, sollten sie sich entfernen, ohne gesehen zu werden; wenn er sie empfangen wollte, so brauchte man sie nur zu rufen.

Im Antichambre des Königs traf von Treville La Chesnaye, der ihm mitteilte, man habe den Herzog de la Tremouille am vorigen Abend nicht in seinem Hotel angetroffen. Er sei zu spät nach Haus gekommen, um sich noch in den Louvre zu begeben. Er sei erst vor einem Augenblick erschienen und befinde sich jetzt beim König.

Dieser Umstand war Herrn von Treville sehr angenehm, denn er war nun überzeugt, daß keine fremde Meinung sich zwischen die Angaben des Herrn de la Tremouille und die seinen drängen könne.

Kaum waren zehn Minuten abgelaufen, so öffnete sich die Tür zum Kabinett des Königs, und Herr von Treville sah den Herzog de la Tremouille herauskommen, der auf ihn zutrat und zu ihm sagte:

„Herr von Treville, Seine Majestät hat mich kommen lassen, um sich zu erkundigen, wie sich die Dinge gestern morgen in meinem Hotel zugetragen haben. Ich habe die Wahrheit gesprochen, das heißt, daß meine Leute den Fehler gemacht haben, und daß ich bereit sei, mich bei Euch zu entschuldigen. Da ich Euch gerade hier finde, so nehmt diese Entschuldigung gefälligst an, und haltet mich stets für einen Eurer Freunde."

„Herzog", sagte Herr von Treville, „ich hege ein solches Zutrauen zu Eurer Rechtschaffenheit, daß ich bei Seiner Majestät keinen anderen Verteidiger als Euch selbst haben wollte. Ich sehe, daß ich mich nicht getäuscht habe, und ich danke Euch dafür, daß es noch einen Mann gibt, von dem man sagen kann, was ich von Euch gesagt habe."

„Gut!" sprach der König, der alle diese Komplimente mitgehört hatte, „sagt ihm, Treville, da er Euer Freund zu sein behauptet, daß ich zu den seinen zu gehören wünsche, daß er mich vernachlässige, daß ich ihn fast drei Jahre nicht mehr gesehen habe, und daß ich ihn überhaupt nur sehe, wenn ich ihn holen lasse. Sagt ihm das in meinem Namen, denn das sind Dinge, die ein König nicht sagen kann."

„Ich danke, Sire, ich danke", sprach der Herzog, „aber Eure Majestät mag wohl glauben, daß nicht diejenigen, ich sage dies nicht in Beziehung auf Herrn von Treville, daß nicht diejenigen, die Sie zu jeder Stunde des Tages um sich sieht, ihr am meisten ergeben sind."

„Ah! Ihr habt gehört, was ich gesprochen habe; desto besser, Herzog, desto besser", sagte der König und trat vor die Tür. „Ah! Ihr seid es, Treville, wo sind Eure Musketiere? Ich habe Euch vorgestern befohlen, sie zu bringen, warum habt Ihr es nicht getan?"

„Sie sind unten, Sire, und mit Eurer Erlaubnis lasse ich sie heraufholen."

„Ja, ja, sie sollen sofort kommen. Es ist gleich acht Uhr und um neun erwarte ich einen Besuch. Geht, Herzog, und besonders, kommt wieder. Tretet ein, Treville."

Der Herzog verbeugte sich und ging. In dem Augenblick, wo er die Tür öffnete, erschienen die drei Musketiere und d'Artagnan, von La Chesnaye geführt, oben an der Treppe.

„Kommt, meine Tapferen, kommt!" sagte der König, „ich muß Euch ermahnen."

Die Musketiere näherten sich unter Verbeugungen, d'Artagnan hinter ihnen.

„Was, Teufel!" fuhr der König fort, „Ihr vier habt sieben Gardisten Seiner Eminenz in zwei Tagen kampfunfähig gemacht! Das ist zuviel, meine Herren, zuviel. Auf diese Art wäre Seine Eminenz genötigt, seine Kompanie in drei Wochen zu erneuern, und ich, die Edikte in aller Strenge anzuwenden. Zufällig einen, da will ich nichts sagen, aber sieben, ich wiederhole es, das ist zuviel."

„Sire, Eure Majestät sieht wohl, daß sie ganz zerknirscht und reumütig erscheinen, um ihre Entschuldigungen vorzubringen."

„Ganz zerknirscht und reumütig! Haha!" rief der König, „ich traue ihren heuchlerischen Gesichtern nicht ganz. Ich sehe besonders da hinten ein Gascognergesicht. Tretet näher, mein Herr."

D'Artagnan begriff, daß die Aufforderung an ihn gerichtet war, und näherte sich, mit verzweiflungsvollster Miene.

„Wie, Ihr sagt, es sei ein Jüngling? Es ist ein Kind, Herr von Treville, ein wahres Kind. Hat der Jussac den bösen Degenstoß verpaßt?"

„Und Bernajoux die zwei schönen Stiche!"

„Wahrhaftig!"

„Abgesehen davon", sprach Athos, „daß ich, wenn er mich nicht den Händen Biscarats entrissen hätte, sicher nicht die Ehre haben könnte, in diesem Augenblick Eurer Majestät meine Referenz zu machen."

„Es ist also ein wahrer Teufel, dieser Bearner – Ventre saint gris – wie mein Vater gesagt haben würde. Bei diesem Gewerbe muß man viele Wämser durchlöchern und viele Degen zerbrechen. – Die Gascogner sind wohl stets arm, nicht wahr?"

„Sire, ich darf behaupten, daß man noch keine Goldminen in ihren Bergen gefunden hat, obwohl ihnen der Herr im Himmel dieses Wunder als Belohnung für die Art und Weise schuldig wäre, wie sie die Ansprüche Eures königlichen Vaters unterstützt haben."

„Damit ist gesagt, daß sie mich selbst zum König gemacht haben, Treville, da ich ja der Sohn meines Vaters bin." – „Ganz recht, ich sage nicht nein."

„La Chesnaye, seht nach, ob Ihr in meinen Taschen noch vierzig Pistolen findet, und wenn Ihr sie findet, bringt sie mir. Und nun, junger Mann, sprecht, wie hat sich die Sache zugetragen?"

D'Artagnan erzählte das Abenteuer des vorigen Tages in allen Einzelheiten: Wie er vor Freude, Seine Majestät zu sehen, nicht habe schlafen können und drei Stunden vor der Audienz zu seinen Freunden gekommen sei, wie sie sich miteinander in ein Ballspielhaus begeben hätten, und wie er von Bernajoux verspottet worden sei, was dem Spötter selbst beinahe sein Leben und Herrn de la Tremouille sein Hotel gekostet habe.

„Es ist gut so", murmelte der König, „ja, so hat mir der Herzog die Sache erzählt. Armer Kardinal! Sieben Menschen in zwei Tagen, und zwar seine besten. Aber damit ist es jetzt genug, meine Herren, versteht ihr? Es ist genug! Ihr habt eure Rache für die Rue de Ferou und noch mehr genommen. Ihr müßt zufrieden sein."

„Wenn Eure Majestät es ist", sagte Treville, „wir sind es."

„Ja, ich bin es", fügte der König hinzu, nahm eine Handvoll Gold aus La Chesnayes Händen, übergab sie d'Artagnan und sagte: „Hier, als Beweis meiner Zufriedenheit."

Damals waren die stolzen Ideen, wie sie jetzt der äußere Anstand erheischt, noch nicht in der Mode. Ein Edelmann nahm unmittelbar aus der Hand des Königs Geld an und fühlte sich dadurch nicht im geringsten beleidigt.

„So, so!" sprach der König und schaute auf die Penduluhr. „Es ist nun halb neun, und ihr müßt euch entfernen. Ich habe euch gesagt, ich erwarte jemanden. Ich danke euch für eure Ergebenheit, meine Herren. Ich kann stets darauf zählen, nicht wahr?"

„Oh, Sire!" riefen die vier Gefährten einstimmig, „wir lassen uns für Eure Majestät in Stücke hauen."

„Gut, gut, bleibt ganz, das ist mehr wert, ihr seid mir so nützlicher. Treville", fügte der König mit halber Stimme hinzu, während sich die anderen entfernten, „da kein Platz bei den Musketieren offen ist, und ich überdies als Bedingung der Aufnahme in dieses Korps ein Noviziat festgesetzt habe, so bringt diesen jungen Mann in die Gardekompanie von Herrn des Essarts, Eures Schwagers. Ah, bei Gott, Treville, ich freue mich auf die Grimasse, die der Kardinal machen wird. Er wird wütend sein, aber daran ist mir nicht gelegen, ich bin im Recht."

Und Richelieu war, wie Seine Majestät gesagt hatte, wirklich so wütend, daß er acht Tage die Spielpartie des Königs nicht besuchte, was den König nicht abhielt, ihm das freundlichste Gesicht der Welt zu machen und ihn, so oft er ihm begegnete, im schmeichelhaftesten Ton zu fragen:

„Nun, Herr Kardinal, wie geht es dem armen Bernajoux und dem armen Jussac, Euren Leuten?"

6. Kapitel

Der Feldzugsplan

D'Artagnan begab sich geradewegs zu Herrn von Treville. Er hatte überlegt, daß in einigen Minuten der Kardinal durch diesen verdammten Unbekannten, der sein Agent zu sein schien, benachrichtigt sein mußte, und dachte mit Recht, daß man keinen Augenblick verlieren dürfe.

Das Herz des jungen Mannes strömte vor Freude über. Ein Abenteuer, wobei Ruhm zu erwerben und Geld zu gewinnen war, bot sich ihm dar und hatte ihn als erste Ermutigung einer Frau näher gebracht, die er anbetete.

Herr von Treville befand sich mit seinem gewöhnlichen Hof von Edelleuten in seinem Salon. D'Artagnan, den man als Vertrauten des Hauses kannte, begab sich sofort in sein Kabinett und ließ ihn benachrichtigen, daß er ihn in einer wichtigen Angelegenheit erwarte.

D'Artagnan war etwa fünf Minuten da, als Herr von Treville eintrat. Beim ersten Blick erkannte der würdige Kapitän, daß wirklich etwas Neues vorging.

Den ganzen Weg entlang hatte d'Artagnan sich gefragt, ob er sich Herrn von Treville anvertrauen oder ob er ihn nur bitten sollte, ihm freie Hand in einer wichtigen Angelegenheit zu bewilligen. Aber Herr von Treville war stets so vollkommen gut gegen ihn gewesen, er war so sehr dem König und der Königin ergeben, er haßte Richelieu so von ganzem Herzen, daß der junge Mann sich entschloß, ihm alles zu sagen.

„Ihr habt mich bitten lassen, mein junger Freund?" sprach Herr von Treville. – „Ja, gnädiger Herr", sprach d'Artagnan, „und Ihr werdet mir diese Störung hoffentlich vergeben, wenn Ihr erfahrt, wie wichtig die Angelegenheit ist, um die es sich handelt." –

„Sprecht, ich höre!" – „Es handelt sich um nichts Geringeres," sagte d'Artagnan, die Stimme dämpfend, „als um die Ehre und vielleicht das Leben der Königin." – „Was sprecht Ihr da?" fragte Herr von Treville, wobei er sich umschaute, ob sie auch gewiß allein seien, und blickte dann wieder auf d'Artagnan.

„Ich sage, gnädiger Herr, daß mir der Zufall ein Geheimnis in die Hände gespielt hat ..." – „Das Ihr hoffentlich bewahren werdet, junger Mann! Bei Eurem Leben warne ich Euch!" – „Das ich aber Euch anvertrauen muß, gnädiger Herr, denn Ihr allein könnt mich in der Sendung unterstützen, die ich von der Königin erhalten habe." „Gehört das Geheimnis Euch?" – „Nein, der Königin." – „Seid Ihr von Eurer Majestät bevollmächtigt, es mir anzuvertrauen?" – „Nein, es ist mir im Gegenteil das tiefste Stillschweigen anempfohlen." – „Und warum wollt Ihr es mir gegenüber brechen?" – „Weil ich, wie gesagt, ohne Euch nichts tun kann, und weil ich fürchte, Ihr könntet mir die Gnade, um die ich Euch bitte, abschlagen, wenn Ihr nicht wüßtet, in welcher Absicht ich Euch bitte." – „Behaltet Euer Geheimnis, junger Mann, und nennt mir Euren Wunsch." – „Ich wünsche, daß Ihr mir bei Herrn des Essarts einen Urlaub von vierzehn Tagen verschafft." – „Wann dies?" – „Noch in dieser Nacht." – „Ihr verlaßt Paris?" – „Ich gehe in einem Auftrag." – „Könnt Ihr mir sagen wohin?" – „Nach London." – „Hat jemand ein Interesse daran, daß Ihr Euer Ziel nicht erreicht?" – „Der Kardinal würde, glaube ich, alles in der Welt dafür geben, wenn es mir nicht gelänge." – „Und Ihr reist allein?" – „Ich reise allein." – „In diesem Fall kommt Ihr nicht über Bondy hinaus. Das sage ich Euch, so wahr ich Treville heiße." – „Wieso?" – „Man läßt Euch ermorden." – „Dann sterbe ich in der Erfüllung meiner Pflicht." – „Aber Euer Auftrag ist nicht erfüllt." – „Das ist wahr", sprach d'Artagnan. – „Glaubt mir," fuhr Treville fort, „bei solchen Unternehmungen muß man zu viert sein, wenn einer ankommen soll." – „Ihr habt recht, gnädiger Herr", sagte d'Artagnan, „aber Ihr kennt Porthos, Athos und Aramis und wißt, daß ich über sie verfügen kann." – „Ohne ihnen das Geheimnis anzuvertrauen, das ich nicht wissen wollte?" – „Wir haben uns ein für allemal blindes Vertrauen und Ergebenheit geschworen. Überdies könnt Ihr ihnen sagen, daß Ihr volles Vertrauen in mich setzt, und sie werden nicht weniger gläubig sein als Ihr." – „Ich kann nicht mehr tun, als jeden von ihnen in einen Urlaub von vierzehn Tagen zu schicken. Athos, der immer noch an seiner Wunde leidet, um die Bäder von Forges zu besuchen. Porthos und Aramis, um ihrem Freund zu folgen, den sie in einer solchen Lage nicht verlassen wollen. Die Übersendung des Urlaubs wird ihnen als Beweis dienen, daß ich die Reise billige." – „Ich danke, gnädiger Herr, für diese Güte." – „Sucht sie also gleich auf, und bringt alles noch in dieser Nacht zur Ausführung. Doch schreibt mir vor allem Euer Urlaubsgesuch an Herrn des Essarts."

D'Artagnan faßte die Meldung ab. Herr von Treville übernahm sie mit der Versicherung, vor zwei Uhr morgens sollten die vier Urlaubsbescheinigungen in den Wohnungen der Reisenden sein.

„Habt die Güte, den meinen zu Athos zu schicken", sagte d'Artagnan. „Ich fürchte ein schlimmes Zusammentreffen, wenn ich nach Hause heimkehren würde." – „Seid unbesorgt, Gott befohlen, und glückliche Reise!"

D'Artagnan verbeugte sich vor Herrn von Treville, der ihm die Hand gab. Der junge Gardist drückte sie mit einer Mischung von Ehrfurcht und Dankbarkeit.

Zuerst suchte er Aramis auf. Er war nicht mehr zu seinem Freund gekommen seit dem Abend, an dem er Frau Bonacieux folgte. Mehr noch, er hatte den jungen Musketier kaum gesehen, und sooft er ihn wiedersah, glaubte er Anzeichen tiefer Schwermut wahrzunehmen.

Auch diesen Abend wachte Aramis düster und träumerisch. D'Artagnan richtete einige Fragen an ihn über diese lang anhaltende Schwermut. Aramis entschuldigte sich mit einem Kommentar über das neunzehnte Kapitel des heiligen Augustin, den er in lateinischer Sprache bis zur nächsten Woche schreiben müsse, was seinen Geist sehr in Anspruch nehme.

Die zwei Freunde hatten kaum einige Minuten miteinander geplaudert, als ein Diener des Herrn von Treville mit einem versiegelten Päckchen eintrat.

„Was ist das?" fragte Aramis. – „Der Urlaub, den der Herr verlangt hat", antwortete der Lakai. – „Ich? Ich habe keinen Urlaub verlangt." – „Schweigt und seht", sagte d'Artagnan. „Und Ihr, mein Freud, habt hier eine halbe Pistole für Eure Mühe. Ihr sagt Herrn von Treville, Herr Aramis lasse ihm von Herzen danken. Geht!"

Der Bedienstete verbeugte sich bis zur Erde und ging.

„Was soll das bedeuten?" fragte Aramis. – „Nehmt, was Ihr zu einer Reise von vierzehn Tagen braucht, und folgt mir." – „Aber ich kann Paris diesen Augenblick nicht verlassen, ohne zu wissen…"

Aramis hielt inne.

„Was aus ihr geworden ist, nicht wahr?" fuhr d'Artagnan fort. – „Aus wem?" – „Aus der Frau, welche hier war, aus der Frau mit dem gestickten Taschentuch." – „Wer sagt Euch, daß eine Frau hier war?" fragte Aramis und wurde dabei bleich wie der Tod. – „Ich habe sie gesehen." – „Und Ihr wißt, wer es ist?" – „Ich glaube, es wenigstens zu vermuten." – „Hört," sprach Aramis, „da Ihr so viele Dinge wißt, wißt Ihr vielleicht auch, was aus dieser Frau geworden ist?" – „Meiner Überzeugung nach ist sie nach Tours zurückgekehrt." – „Nach Tours? Ja, so wird es sein; Ihr kennt sie. Aber warum ist sie nach Tours zurückgekehrt, ohne mir etwas davon zu sagen?" – „Weil sie verhaftet zu werden fürchtete." – „Warum hat sie mir nicht geschrieben?" – „Weil sie für Euch fürchtete." – „D'Artagnan, Ihr gebt mir das Leben wieder!" rief Aramis, „ich hielt mich für verachtet, für verraten. Ich war so glücklich, sie wiederzusehen, und konnte nicht glauben, daß sie ihre Freiheit für mich aufs Spiel setzen würde, und doch, aus welcher anderen Ursache sollte sie nach Paris gekommen sein?" – „Aus derselben Ursache, die uns heute zu der Reise nach England veranlaßt." – „Und was ist dies?" – „Ihr sollt es eines Tages erfahren, für den Augenblick aber werde ich die Zurückhaltung der Nichte des Doktors nachahmen."

Aramis lächelte, denn er erinnerte sich an das, was er eines Abends seinen Freunden erzählt hatte.

„Nun also, da sie Paris verlassen hat, und da Ihr es gewiß wißt, d'Artagnan, so hält mich nichts hier zurück, und ich bin bereit, Euch zu folgen. Ihr sagt, wir gehen..."

„Zunächst zu Athos, und wenn Ihr mitkommen wollt, so bitte ich Euch um Eile, denn wir haben bereits viel Zeit verloren. Doch bald hätte ich vergessen, setzt Bazin davon in Kenntnis."

„Wird uns Bazin begleiten?"

„Vielleicht. In jedem Fall ist es gut, wenn er uns vorläufig zu Athos folgt."

Aramis rief Bazin, und nachdem er Befehl gegeben hatte, ihn bei Athos aufzusuchen, sagte er: „Nun wollen wir gehen." Ehe er jedoch sein Zimmer verließ, nahm er seinen Mantel, seinen Degen und seine Pistolen und öffnete vergeblich mehrere Schubladen, um nachzusehen, ob nicht etwa irgendein verirrtes Goldstück zu finden wäre. Nachdem er sich von der Fruchtlosigkeit seiner Nachsuchung überzeugt hatte, folgte er d'Artagnan, indem er sich fragte, wie es komme, daß der junge Gardekadett so gut wie er selbst wisse, wer die Frau gewesen, der er Gastfreundschaft gegeben, und besser als er, was aus ihr geworden.

Als sie aus dem Haus traten, legte Aramis seine Hand auf d'Artagnans Arm, schaute ihn fest an und sagte:

„Ihr habt mit niemand von dieser Frau gesprochen?" – „Mit niemand." – „Nicht einmal mit Arthos und Porthos?" – „Ich habe ihnen kein Wörtchen gesagt." – „Dann ist es gut."

Und über diesen wichtigen Punkt beruhigt, setzte Aramis den Weg mit d'Artagnan fort, und beide gelangten bald zu Athos.

Als sie eintraten, hielt er seinen Urlaub in der einen, den Brief des Herrn von Treville in der anderen Hand.

„Könnt Ihr mir erklären, was dieser Brief und dieser Urlaub bedeuten soll?" sprach Athos erstaunt.

„Mein lieber Athos, es ist mein Wille, da es Eure Gesundheit fordert, daß Ihr vierzehn Tage ausruht. Geht in die Bäder von Forges oder in jedes andere Bad, das Euch zusagt, und sorgt, daß Ihr Eure Gesundheit bald wiederherstellt.

Euer wohlgeneigter Treville"

„Nun, dieser Urlaub und dieser Brief bedeuten, daß Ihr mir folgen sollt, Athos!" – „In die Bäder von Forges?" – „Dorthin oder anderswohin." – „Im Dienste des Königs?" – „Des Königs oder der Königin. Sind wir nicht Diener Ihrer Majestäten?"

In diesem Augenblick trat Porthos ein.

„Bei Gott", sagte er, „das ist eine seltsame Geschichte. Seit wann bewilligt man bei den Musketieren den Leuten einen Urlaub, wenn sie ihn nicht verlangen?" – „Seitdem es Freunde gibt, die ihn für sie erbitten", erwiderte d'Artagnan. – „Ah, ah", sagte Porthos, „da scheint etwas Neues vorzugehen." – „Ja, wir reisen", sprach Aramis. – „In welches Land?" fragte Porthos. – „Meiner Treu, ich weiß es nicht", erwiderte Athos. „Frage d'Artagnan." – „Nach London, meine Herren", sagte d'Artagnan. – „Nach London!" rief Porthos, „und was sollen wir in London machen?" – „Das kann ich Euch nicht sagen, meine Herren, Ihr müßt mir trauen." – „Aber um nach London zu gehen", fügte Porthos bei, „braucht man Geld, und ich habe keins." – „Ich auch nicht", sagte Aramis. – „Ich ebensowenig", sprach Athos. – „Ich aber habe", versetzte d'Artagnan, zog seinen Schatz aus der Tasche und legte ihn auf den Tisch. „In diesem Sack sind dreihundert Pistolen. Jeder von uns nimmt fünfundsiebzig davon. Das ist genug, um nach London zu reisen und wieder zurückzukehren. Überdies seid ruhig, wir erreichen nicht alle London." – „Und warum dies?" – „Weil aller Wahrscheinlichkeit nach einige von uns auf dem Weg zurückbleiben werden." – „Wir unternehmen also einen Feldzug?" – „Und zwar einen sehr gefährlichen, das sage ich Euch." – „Ei, da wir Gefahr laufen, uns umbringen zu lassen", sprach Porthos, „so möchte ich wenigstens wissen, warum?" – „Das wird dir wohl viel nützen", sprach Athos. – „Ich bin indessen auch der Meinung zu Porthos", sagte Aramis. – „Hat der König die Gewohnheit, euch Rechenschaft abzulegen? Nein, er sagt ganz einfach: ‚Meine Herren, man schlägt sich in der Gascogne oder in Flandern. Begebt Euch dorthin, schlagt euch!' Warum? Um das Warum habt Ihr Euch nicht zu kümmern." – „D'Artagnan hat recht", sagte Athos. – „Hier ist unser Urlaub, der von Herrn von Treville kommt, und hier dreihundert Pistolen, die Gott weiß woher kommen. Lassen wir uns töten, wo man uns sagt, daß wir hingehen sollen. Lohnt sich das Leben nur der Mühe, so viele Fragen darüber zu machen? D'Artagnan, ich bin bereit, dir zu folgen." – „Und ich auch", sprach Porthos. – „Und ich ebenfalls", rief Aramis. „Auch ist es mir gar nicht unangenehm, Paris zu verlassen. Ich brauche Zerstreuung." – „Gut! Seid nur ruhig, ihr sollt Zerstreuung finden, meine Herren", sagte d'Artagnan. – „Und nun, wann reisen wir?" fragte Athos. – „Sofort!" antwortete d'Artagnan. „Es ist keine Minute zu verlieren!" – „Holla, Grimaud, Planchet, Mousqueton, Bazin!" riefen die vier jungen Leute ihren Lakaien zu. „Schmiert unsere Stiefel und führt unsere Pferde her!"

Jeder Musketier ließ im allgemeinen Hotel wie in einer Kaserne sein Pferd und das seines Lakaien.

Planchet, Grimaud, Mousqueton und Bazin entfernten sich eiligst.

„Nun wollen wir einen Feldzugsplan entwerfen", sagte Porthos. „Wohin gehen wir zuerst?"

„Nach Calais", antwortete d'Artagnan. „Das ist die direkte Linie, um nach London zu kommen."

„Nun, so hört meinen Rat", versetzte Porthos.

„Sprich!"

„Vier miteinander reisende Personen wären verdächtig. D'Artagnan wird jedem von uns seine Instruktionen geben. Ich reise voraus auf der Route von Boulogne. Athos geht zwei Stunden später auf der Route von Amiens ab. Aramis folgt uns auf der von Royon. D'Artagnan reist auf einer ihm beliebigen Straße in den Kleidern Planchets, während uns Planchet als d'Artagnan in der Uniform der Garden folgt."

„Der Plan von Porthos scheint mir unausführbar", sprach d'Artagnan, „da ich selbst nicht weiß, welche Instruktionen ich Euch geben soll. Ich bin der Überbringer eines Briefes, das ist das Ganze. Ich kann nicht drei Abschriften von dem Brief machen, weil er versiegelt ist. Wir müssen also meiner Meinung nach in Gesellschaft reisen. Der Brief ist hier in meiner Tasche." Und er deutete auf die Tasche, in der der Brief verwahrt war. „Werde ich getötet, so nimmt ihn einer von euch, und ihr setzt den Marsch fort. Wird dieser getötet, so ist die Reihe am nächsten. Wenn nur einer ankommt, das ist genug."

„Wohl gesprochen!" rief Aramis. „Du sprichst nicht viel, aber wenn du sprichst, klingt es wie ein Evangelium. Ich schließe mich dem Plan an. Und du, Porthos?"

„Ich ebenfalls", antwortete Porthos. „D'Artagnan ist als Überbringer des Briefes natürlich das Haupt der Unternehmung; er mag entscheiden, wir führen aus."

„Gut", sagte d'Artagnan, „wir reisen in einer halben Stunde."

„Angenommen!" riefen zustimmend im Chor die drei Musketiere.

Jeder von ihnen streckte die Hand nach dem Beutel aus, nahm fünfundsiebzig Pistolen und traf Anstalt zu schleuniger Abreise.

7. Kapitel

Die Reise

Um zwei Uhr morgens zogen die vier Abenteurer durch die Barrière St.-Denis aus Paris. Solange es Nacht war, blieben sie stumm. Unter dem Einfluß der Dunkelheit erblickten sie unwillkürlich überall Hinterhalte, erst bei den ersten Strahlen des Tages lösten sich ihre Zungen. Mit der Sonne kehrte ihre Heiterkeit wieder zurück. Es war wie am Vorabend einer Schlacht. Das Herz klopfte in der Brust, die Augen lachten, man fühlte, daß das Leben, von dem man vielleicht scheiden sollte, am Ende doch ein schönes Ding war.

Die Bediensteten, bis an die Zähne bewaffnet, folgten.

Alles ging gut bis Chantilly, wo man gegen acht Uhr morgens anlangte. Man mußte frühstücken und stieg vor einer Herberge ab, die sich durch ein Schild, den heiligen Martin darstellend, wie er die Hälfte seines Mantels einem Armen gibt, empfahl. Man schärfte den Lakaien ein, die Pferde nicht abzusatteln und sich zu schleunigem Wiederaufbruch bereitzuhalten.

Die vier Freunde traten in das Wirtszimmer und setzten sich zu Tisch.

Ein Herr, der auf der Straße von Dammartin kam, saß am gleichen Tisch und frühstückte. Er fing an, von Regen und schönem Wetter zu sprechen. Die Reisenden antworteten. Er trank auf ihre Gesundheit. Die Reisenden erwiderten diese Höflichkeit.

Aber in dem Augenblick, wo Mousqueton ankündigte, die Pferde seien bereit, und man vom Tisch aufstand, schlug der Fremde Porthos einen Toast auf die Gesundheit des Kardinals vor. Porthos antwortete, er sei ganz damit einverstanden, wenn der Fremde ebenfalls auf die Gesundheit des Königs trinken wolle. Der Fremde antwortete, er kenne keinen anderen König als Seine Eminenz. Porthos nannte ihn einen Trunkenbold. Der Fremde zog seinen Degen.

„Ihr habt eine Albernheit begangen", sprach Athos, „aber egal, jetzt läßt sich nicht mehr zurückweichen. Tötet diesen Menschen und holt uns so schnell als möglich wieder ein."

Und alle drei bestiegen wieder ihre Pferde und jagten mit verhängten Zügeln davon, während Porthos seinem Gegner versprach, er werde ihn mit allen in der Fechtkunst bekannten Stößen durchbohren.

„Dies der erste", sagte Athos nach fünfhundert Schritt.

„Aber warum hat dieser Mensch eher Porthos als jeden anderen angegriffen?" fragte Aramis.

„Weil Porthos viel lauter sprach als wir, weshalb er ihn für unseren Führer gehalten hat", sagte d'Artagnan.

„Ich habe immer gesagt, dieser gascognische Kadett sei ein wahrer Brunnen der Weisheit", murmelte Athos.

Und die Reisenden setzten ihren Marsch fort.

In Beauvais hielt man zwei Stunden an, um die Pferde verschnaufen zu lassen wie auch um Porthos zu erwarten. Als dieser nach zwei Stunden nicht erschien und auch keine Nachricht von ihm eintraf, machte man sich wieder auf den Weg.

Eine Meile von Beauvais, an einer Stelle, wo die Straße zwischen zwei Böschungen eingezwängt war, stieß man auf acht bis zehn Menschen, die, da man hier gerade das Pflaster aufgebrochen hatte, aussahen, als ob sie hier arbeiteten, um Löcher zu graben oder die Straße auszubessern.

Aramis, der seine Stiefel in diesem künstlichen Schlammloch zu beschmutzen fürchtete, redete sie mit harten Worten an. Athos wollte ihn zurückhalten, es war zu spät. Die Arbeiter fingen an, die Reisenden zu verspotten, und ihre Frechheit brachte den kalten Athos so außer sich, daß er sein Pferd auf einen von ihnen zutrieb.

Nun wich jeder dieser Menschen bis zu dem Graben zurück und ergriff eine verborgene Muskete. Aramis wurde von einer Kugel getroffen, die durch seine Schulter drang. Mousqueton von einer anderen, die in seinem besten Rückenstück steckenblieb. Mousqueton fiel aber allein vom Pferd, nicht daß er schwerer verwundet gewesen wäre. Da aber er die Wunde nicht sehen konnte, so hielt er sich ohne Zweifel für viel gefährlicher verletzt, als er wirklich war.

„Das ist ein Hinterhalt!" rief d'Artagnan, „lassen wir unsere Pistolen stecken und vorwärts!"

Aramis nahm trotz seiner Wunde sein Pferd bei der Mähne, und dieses trug ihn mit den anderen fort. Das von Mousqueton holte sie wieder ein und galoppierte ganz allein.

„Das gibt uns ein Pferd zum Wechseln", sagte Athos.

„Ein Hut wäre mir lieber", sprach d'Artagnan, „der meine ist von einer Kugel fortgerissen worden. Es ist nur ein Glück, daß der Brief, den ich trage, nicht darin war."

„Bei Gott! Sie werden den armen Porthos töten, wenn er vorüberkommt", sprach Aramis.

„Wenn Porthos auf den Beinen wäre, so müßte er uns bereits eingeholt haben", sagte Athos. „Meiner Meinung nach hat der Trunkenbold auf dem Kampfplatz den Rausch sehr plötzlich verloren."

Man galoppierte noch zwei Stunden lang, obwohl die Pferde so ermüdet waren, daß man befürchten mußte, sie würden bald zusammenbrechen.

Die Reisenden hatten einen Seitenweg eingeschlagen, in der Hoffnung, auf diese Art weniger beunruhigt zu werden. In Crèvecœur aber erklärte Aramis, er könne nicht weiterreiten. In der Tat hatte er seinen ganzen Mut zusammengenommen, den er unter seiner eleganten Form und unter seinen höflichen Manieren verbarg, um bis hierher zu gelangen. Jeden Augenblick erbleichte er, und man war genötigt, ihn auf seinem Pferd zu stützen. Man hob ihn vor der Tür einer Schenke herab, ließ ihm Bazin, der übrigens bei einem Scharmützel mehr hinderlich als nützlich war, und zog weiter, in der Hoffnung, erst in Amiens Nachtlager zu halten.

„Beim Teufel!" sagte Athos, als sie sich, auf zwei Herren und auf Grimaud und Planchet zusammengeschmolzen, wieder auf der Straße befanden, „beim Teufel! Ich lasse mich nicht drankriegen und stehe Euch dafür, daß mich von hier bis Calais niemand dazu bringen wird, den Mund zu öffnen oder den Degen zu ziehen. Ich schwöre ..."

„Schwören wir nicht", sagte d'Artagnan, „galoppieren wir lieber, wenn es unsere Pferde gestatten."

Die Reisenden spornten ihre Rosse so an, daß sie ihre Kräfte wiederfanden. Man langte in Amiens um Mitternacht an und stieg vor der Herberge „Zur Goldenen Lilie" ab.

Der Wirt sah aus wie der ehrlichste Mann der Welt. Er empfing die Reisenden, seinen Leuchter in der einen, die Mütze in der anderen Hand. Er wollte die beiden Reisenden jeden in einem eigenen Zimmer einquartieren. Zum Unglück lag jedes dieser Zimmer am äußersten Ende des Gasthauses. D'Artagnan und Athos weigerten sich. Der Wirt antwortete, er habe keine anderen Zimmer. Die Reisenden aber erklärten, sie würden in einer gemeinschaftlichen Stube jeder auf einer Matratze schlafen, die man auf den Boden werfen könne. Der Wirt bestand auf seiner Absicht, die Reisenden gaben nicht nach, und er mußte tun, wie sie es haben wollten.

Sie hatten ihr Bett gerade geordnet und ihre Tür von innen verbarrikadiert, als man vom Hof aus an ihre Läden klopfte. Sie fragten, wer da sei, erkannten die Stimme ihrer Bediensteten und öffneten.

„Grimaud kann allein die Pferde bewachen", sagte Planchet. „Wenn die Herren erlauben, so werde ich mich quer vor ihre Tür legen. Auf diese Art sind sie sicher, daß man nicht zu ihnen hineinkommt."

„Und auf was willst du schlafen?" fragte d'Artagnan.

„Hier ist mein Bett", antwortete Planchet und zeigte ein Bund Stroh.

Planchet stieg durch das Fenster ein und legte sich quer vor die Tür, während sich Grimaud im Stall einschloß, nachdem er zuvor versprach, daß er und die Pferde um fünf Uhr morgens bereit sein sollten.

Die Nacht ging ziemlich ruhig vorüber. Man versuchte wohl gegen zwei Uhr morgens die Tür zu öffnen. Da aber Planchet plötzlich erwachte und: „Wer da!" rief, so antwortete man ihm, man habe sich getäuscht und zog ab. Um vier Uhr morgens vernahm man gewaltigen Lärm im Stall. Grimaud hatte die Hausknechte wecken wollen, und diese schlugen ihn. Als man das Fenster öffnete, sah man den armen Burschen bewußtlos auf der Erde ausgestreckt. Ein mächtiger Hieb mit der Heugabel hatte ihn am Kopf verletzt.

Planchet ging in den Hof hinab und wollte die Pferde satteln. Die Pferde lahmten! Nur das von Grimaud, das am Tag vorher fünf bis sechs Stunden ohne Reiter gelaufen war, hätte den Marsch fortsetzen können. Aber infolge eines unbegreiflichen Irrtums hatte der Tierarzt, den man ohne Zweifel holen ließ, um das Pferd des Wirts zur Ader zu lassen, das von Grimaud zur Ader gelassen.

Die Sache fing an, beunruhigend zu werden. All diese rasch aufeinanderfolgenden Vorfälle waren vielleicht das Resultat des Zufalls, aber sie konnten ebensogut die Frucht eines Anschlags sein. Athos und d'Artagnan gingen hinaus, während sich Planchet erkundigte, ob man nicht in der Gegend drei Pferde kaufen könne. Vor der Tür standen wirklich zwei Pferde gesattelt und gezäumt, frisch und kräftig. Das fügte sich gut. Er fragte, wo die Eigentümer seien, man antwortete ihm, sie hätten die Nacht in dem Wirtshaus zugebracht und bezahlten in diesem Augenblick ihre Rechnung.

Athos ging hinab, um ebenfalls zu zahlen, während d'Artagnan und Planchet wartend an der Haustür stehenblieben. Der Wirt befand sich in einem unteren, nach hinten gelegenen Zimmer. Man bat Athos, dorthin zu gehen und wies ihm den Weg.

Athos trat ohne Mißtrauen ein und zog zwei Goldstücke hervor, um zu bezahlen. Der Wirt war allein und saß vor seinem Schreibtisch, an dem eine der Schubladen halb offen stand. Er nahm das Geld, das ihm Athos gab, drehte es wiederholt in der Hand um und rief plötzlich, es sei falsch, und er werde ihn und seine Gefährten als Falschmünzer in Haft nehmen lassen.

„Schurke", sprach Athos, „ich werde dir die Ohren abschneiden!"

Aber der Wirt bückte sich, nahm zwei Pistolen aus einer der Schubladen und richtete sie, um Hilfe rufend, auf Athos.

In diesem Augenblick traten vier bis an die Zähne bewaffnete Männer durch die Seitentüren ein und warfen sich auf Athos.

„Ich bin verloren", schrie Athos laut; „fort, d'Artagnan, fort, fort!" Und er drückte seine beiden Pistolen ab.

D'Artagnan und Planchet ließen sich diesen Zuruf nicht wiederholen. Sie machten die zwei Pferde, die vor der Tür standen, los, sprangen in den Sattel, stießen ihnen die Sporen in den Leib und jagten davon.

„Weißt du, was aus Athos geworden ist?" fragte d'Artagnan.

„Ach, gnädiger Herr", erwiderte Planchet, „ich habe

zwei auf seine Schüsse fallen sehen, und bei einem Blick, den ich noch durch die Glastür warf, kam es mir vor, als raufe er mit den anderen."

„Braver Athos!" murmelte d'Artagnan. „Wenn ich bedenke, daß man ihn so im Stich lassen muß! Übrigens erwartet uns vielleicht zehn Schritte von hier dasselbe Schicksal. Vorwärts! Planchet, vorwärts!"

Beide jagten in einem Zug nach Saint-Omer. Hier ließen sie ihre Pferde verschnaufen, wobei sie aus Furcht vor irgendeinem Unfall die Zügel um den Arm schlangen und aßen, vor der Tür stehend, einige Bissen aus der Hand.

Hundert Schritt vor den Toren von Calais stürzte d'Artagnans Pferd, es war unmöglich, es wieder auf die Beine zu bringen. Das Blut lief ihm aus den Nüstern und aus den Augen. Es war noch das Pferd Planchets übrig, aber dieses stand still, und man konnte es keinen Schritt mehr weiter treiben.

Zum Glück waren sie, wie gesagt, nur noch hundert Schritt von der Stadt entfernt. Sie ließen die beiden Pferde auf der Landstraße stehen und liefen zum Hafen. Planchet machte seinen Gebieter auf einen Herrn aufmerksam, der eben mit seinem Bediensteten ankam und nur fünfzig Schritt vor ihnen ging.

Sie näherten sich rasch diesem Herrn, der große Eile zu haben schien. Seine Stiefel waren staubbedeckt, und er fragte, ob er nicht gleich nach England übersetzen könnte.

„Nichts leichter als das", antwortete der Patron eines segelfertigen Schiffes. „Diesen Morgen aber ist ein Befehl eingetroffen, niemand ohne ausdrückliche Erlaubnis des Herrn Kardinals passieren zu lassen."

„Ich habe diese Erlaubnis", sagte der Herr, ein Papier aus seiner Tasche ziehend, „hier ist sie."

„So laßt sie vom Hafengouverneur unterzeichnen, und gönnt mir den Vorzug vor den anderen Schiffen."

„Wo kann ich den Gouverneur finden?"

„In seinem Landhaus."

„Und wo liegt dieses?"

„Eine Viertelmeile vor der Stadt! Ihr seht es dort, am Fuß jener Anhöhe, mit dem Schieferdach."

„Gut!" rief der Herr und schlug, von seinem Bediensteten gefolgt, den Weg zum Haus des Gouverneurs ein.

D'Artagnan und Planchet folgten dem Herrn in einer Entfernung von fünfhundert Schritt.

Sobald sie vor der Stadt waren, beschleunigte d'Artagnan seine Schritte und holte den Herrn ein, als er eben in ein kleines Gehölz einbog.

„Mein Herr", sprach d'Artagnan, „Ihr scheint große Eile zu haben." – „Im höchsten Grad." – „Bedaure sehr, denn da ich ebenfalls große Eile habe, so wollte ich Euch um einen Dienst bitten." – „Um welchen?" – „Mich vorausgehen zu lassen. Ich habe sechzig Meilen in vierundzwanzig Stunden zurückgelegt und muß morgen mittag in London sein." – „Ich habe denselben Weg in vierzig Stunden gemacht und muß morgen früh um zehn Uhr in London sein." – „Bedaure, mein Herr, aber da ich zuerst angekommen, werde ich nicht als zweiter gehen." – „Es tut mir unendlich leid, ich bin als zweiter angekommen, aber ich werde zuerst gehen." – „Im Dienst des Königs?" sprach der Herr. – „In meinem Dienst!" antwortete d'Artagnan. – „Ihr scheint mir Streit zu suchen?" – „Beim Teufel! Was sonst?" – „Was verlangt Ihr von mir?" – „Wollt Ihr es wissen?" – „Allerdings." – „Nun! Ich verlange den Erlaubnisschein, den Ihr bei Euch tragt, da ich keinen habe." – „Ihr scherzt hoffentlich?" – „Ich scherze nie." – „Laßt mich ziehen." – „Ihr kommt nicht von der Stelle." – „Mein braver junger Mann, ich werde Euch den Schädel zerschmettern. Lubin, meine Pistolen." – „Planchet", sagte d'Artagnan, „übernimm du den Bediensteten, ich nehme mir den Herrn vor."

Planchet sprang auf Lubin, warf ihn, stark wie er war, zu Boden und setzte ihm das Knie auf die Brust.

„Macht Euer Geschäft ab, gnädiger Herr", sagte Planchet, „ich bin mit meinem fertig."

Der Unbekannte zog seinen Degen und fiel gegen d'Artagnan aus, aber er hatte es mit einem harten Gegner zu tun.

In drei Sekunden versetzte ihm d'Artagnan drei Degenstöße und bei jedem Stoß sagte er:

„Einen für Athos, einen für Porthos, einen für Aramis!"

Beim dritten Stoß stürzte der Unbekannte wie ein Sack zur Erde.

D'Artagnan hielt ihn für tot oder wenigstens für ohnmächtig und näherte sich ihm, um den Erlaubnisschein zu nehmen. Aber in dem Augenblick, wo er die Hand ausstreckte, um ihn zu suchen, brachte ihm der Verwundete, der seinen Degen nicht losgelassen hatte, einen Stich in die Brust bei und rief:

„Einen für Euch!"

„Und einen für dich! Wer zuletzt lacht, lacht am besten!" schrie d'Artagnan wütend und spießte ihn mit einem vierten Stoß durch den Bauch an den Boden.

Diesmal schloß der Fremde die Augen und verlor die Besinnung.

D'Artagnan durchsuchte die Tasche, in welche er ihn den Erlaubnisschein hatte stecken sehen, und nahm ihn. Er war auf den Namen des Grafen von Wardes ausgestellt.

Einen letzten Blick auf den jungen Mann werfend, der kaum fünfundzwanzig Jahre alt sein mochte und den er hier zurücklassen mußte, seufzte er über das seltsame Geschick, das die Menschen dahin bringt, daß sie einander vernichten im Interesse von Leuten, die ihnen fremd sind und denen ihr Dasein häufig ganz unbekannt ist.

Bald aber wurde er seinen Betrachtungen durch Lubin entzogen, der ein furchtbares Jammergeschrei ausstieß und mit aller Gewalt um Hilfe rief.

Planchet faßte ihn bei der Gurgel und schnürte sie ihm aus Leibeskräften zusammen.

„Gnädiger Herr", sagte er, „solange ich ihn so halte, wird er sicher nicht schreien, das weiß ich gewiß, aber sobald ich ihn loslasse, wird er wieder zu kreischen anfangen. Es ist ein Normanne und die Normannen sind hartnäckige Burschen."

Lubin suchte wirklich, so gepreßt er auch war, einige Töne von sich zu geben.

„Warte!" sprach d'Artagnan, nahm sein Taschentuch und knebelte ihn.

„Nun wollen wir ihn an einen Baum binden!" sagte Planchet.

Dies wurde ausgeführt. Dann schleppte man den Grafen von Wardes in die Nähe seines Bediensteten, und da die Nacht bereits einbrach, mußten beide, der Verwundete und der Geknebelte, offenbar bis zum nächsten Tag hierbleiben.

„Und nun zum Gouverneur", rief d'Artagnan.

„Es scheint mir, Ihr seid verwundet?" sagte Planchet.

„Das ist jetzt unwichtig, wir wollen uns mit Dringenderem beschäftigen."

Und beide eilten mit großen Schritten zum Landhaus des Beamten.

Man kündigte den Grafen von Wardes an.

D'Artagnan wurde eingeführt.

„Ihr habt einen vom Kardinal unterzeichneten Paß?" sagte der Gouverneur. – „Ja, mein Herr, hier ist er." – „Er ist in Ordnung und mit guten Empfehlungen versehen", sprach der Gouverneur. – „Das ist ganz einfach", erwiderte d'Artagnan, „ich gehöre zu seinen treuesten Anhängern." – „Es scheint, Seine Eminenz will irgend jemand daran hindern, nach England zu kommen?" – „Ja, einen gewissen d'Artagnan, einen Bearner Edelmann, der mit dreien seiner Freunde von Paris abgereist ist, in der Absicht, nach London zu reisen." – „Kennt Ihr ihn persönlich", fragte der Gouverneur. – „Wen?" – „Diesen d'Artagnan." – „Sehr gut!" – „Gebt mir seine Beschreibung." – „Nichts leichter!"

D'Artagnan gab Zug für Zug die Beschreibung des Grafen von Wardes.

„Hat er einen Begleiter?" fragte der Gouverneur.

„Ja, einen Bediensteten namens Lubin."

„Wenn man ihrer habhaft wird, mag Seine Eminenz ruhig sein, sie sollen unter sicherem Geleit nach Paris zurückgeführt werden."

„Wenn Ihr dies tut, Gouverneur", sprach d'Artagnan, „werdet Ihr Euch große Verdienste um den Kardinal erwerben."

„Ihr seht ihn wohl bei Eurer Rückkehr, Graf?"

„Das versteht sich."

„Sagt ihm bitte, ich sei sein getreuer Diener."

„Ich werde das nicht versäumen."

Erfreut über diese Versicherung, visierte der Gouverneur den Paß und gab ihn d'Artagnan wieder zurück.

D'Artagnan verlor keine Zeit, verbeugte sich vor dem Gouverneur, dankte ihm und ging.

Sobald er mit Planchet aus dem Haus war, setzten sie sich in Bewegung, machten einen langen Umweg, um das Gehölz zu vermeiden, und gelangten durch ein anderes Tor in die Stadt.

Das Schiff war immer noch abfahrbereit. Der Patron wartete am Hafen.

„Nun, wie steht's?" sagte er, sobald er d'Artagnan sah. „Hier ist der visierte Paß", erwiderte dieser. – „Und der andere Herr?" – „Er wird heute nicht mehr abreisen", sprach d'Artagnan, „aber seid ruhig, ich bezahle die Überfahrt für uns beide." – „In diesem Fall, aufs Schiff", sagte der Patron. – „Aufs Schiff", wiederholte d'Artagnan.

Und er sprang mit Planchet in das Boot. Fünf Minuten später waren sie an Bord.

Es war höchste Zeit. Sie befanden sich kaum eine halbe Meile in See, als d'Artagnan eine Flamme bemerkte und einen Knall hörte.

Es war der Kanonenschuß, der das Schließen des Hafens ankündigte.

Nun mußte man sich endlich mit d'Artagnans Wunde beschäftigen. Zum Glück war sie, wie er selbst gedacht hatte, nicht gefährlich. Die Degenspitze hatte eine Rippe getroffen und war vom Knochen abgeglitten. Außerdem hatte sich das Hemd an der Wunde festgeklebt, und so war nur wenig Blut hervorgedrungen.

D'Artagnan war im höchsten Grad erschöpft. Man breitete eine Matratze auf dem Verdeck aus, er warf sich darauf nieder und schlief sofort ein.

Am anderen Morgen bei Tagesanbruch befand er sich nur noch drei bis vier Meilen von der englischen Küste entfernt. Der Wind war die ganze Nacht über sehr schwach gewesen, und man hatte deshalb nur eine kleine Strecke zurückgelegt.

Um zwei Uhr ging das Schiff im Hafen von Dover vor Anker.

Um halb drei Uhr setzte d'Artagnan den Fuß auf den Boden Englands.

Aber damit war es noch nicht getan. Man mußte London erreichen. In England war die Post ziemlich gut. D'Artagnan und Planchet nahmen jeder ein Pferd. Ein Postillon ritt voraus, in vier Stunden waren sie vor den Toren der Hauptstadt.

Der Herzog befand sich mit dem König auf der Jagd.

D'Artagnan kannte London nicht. D'Artagnan verstand kein Wort Englisch, aber er schrieb den Namen Buckingham auf ein Papier, und jedermann zeigte ihm das Hotel des Herzogs.

D'Artagnan fragte nach dem ersten Kammerdiener Buckinghams, der ihn auf allen seinen Reisen begleitet hatte und fließend Französisch sprach. Er sagte ihm, er komme von Paris in einer Angelegenheit, bei der es sich um Leben und Tod handle, und müsse seinen Herrn umgehend sprechen.

Die Sicherheit, mit der d'Artagnan sein Verlangen ausdrückte, überzeugte Patrick, so hieß dieser Minister des Ministers. Er ließ zwei Pferde satteln und übernahm es, den jungen Gardisten zu begleiten. Planchet hatte man, steif wie ein Rohr, von seinem Pferd herabgehoben. Die Kräfte des armen Burschen waren völlig erschöpft. D'Artagnan schien von Eisen.

Man kam im Schloß an und zog hier Erkundigungen ein. Der König und Buckingham waren auf der Vogelbeize in einem zwei bis drei Meilen entfernten Moor.

In zwanzig Minuten traf man an der bezeichneten Stelle ein. Bald hörte Patrick die Stimme seines Herrn, der seinen Falken rief.

„Wen soll ich ankündigen?" fragte Patrick.

„Den jungen Mann, der eines Abends auf dem Pont Neuf bei der Samaritaine Streit mit ihm gesucht hat."

„Eine sonderbare Empfehlung!"

„Ihr werdet sehen, daß sie viel wert ist."

Patrick setzte sein Pferd in Galopp, erreichte den Herzog und meldete ihm den Boten.

Buckingham erinnerte sich sofort, und da er vermutete, daß in Frankreich etwas vorging, wovon man ihn in Kenntnis setzen wollte, so nahm er sich nicht die Zeit, zu fragen, wo der Bote sei, sondern galoppierte, als er von fern die Uniform der Garden erkannt hatte, gerade auf d'Artagnan zu. Patrick hielt sich diskret entfernt.

„Es ist der Königin doch kein Unglück zugestoßen?" rief Buckingham voller Sorge.

„Ich glaube nicht, aber ich bin der Überzeugung, daß sie in eine große Gefahr läuft, der Eure Herrlichkeit allein sie entziehen kann."

„Ich?" rief Buckingham. „Sollte ich so glücklich sein, ihr in irgend etwas nützen zu können? Sprecht!"

„Nehmt diesen Brief", sagte d'Artagnan.

„Diesen Brief? Von wem kommt er?"

„Von Ihrer Majestät, wie ich glaube."

„Von Ihrer Majestät", sprach Buckingham und erbleichte so sehr, daß d'Artagnan meinte, er würde in Ohnmacht fallen.

Er erbrach das Siegel.

„Woher dieser Riß?" sagte er und zeigte d'Artagnan eine Stelle, wo er durchbohrt war.

„Ach, ach", rief d'Artagnan, „ich hatte das nicht gesehen. Der Degen des Grafen von Wardes wird dieses schöne Loch gemacht haben, als er ihn mir in die Brust stieß."

„Ihr seid verwundet?" fragte Buckingham.

„O nichts", erwiderte d'Artagnan, „eine Schramme."

„Gerechter Himmel! Was habe ich gelesen?" rief der Herzog. „Patrick, bleib hier oder suche vielmehr den König auf, wo er auch sein mag, und sage Seiner Majestät, daß ich mich entschuldige. Eine Angelegenheit von höchster Wichtigkeit rufe mich nach London zurück. Kommt, d'Artagnan, kommt!"

Und beide schlugen im Galopp den Weg zur Hauptstadt ein.

8. Kapitel

Die Gräfin Winter

Den ganzen Weg über ließ sich der Herzog über alles von d'Artagnan Bericht erstatten. Indem er die Mitteilungen des jungen Mannes mit seinen Erinnerungen verband, konnte er sich einen genauen Begriff der Lage machen, von deren Mißlichkeit ihm der Brief der Königin, so kurz er auch war, ein Bild gab. Er wunderte sich besonders darüber, daß es dem Kardinal, dem so viel daran liegen mußte, daß der junge Mann England nicht erreichen konnte, nicht gelungen war, ihn auf dem Weg greifen zu lassen. Als er sein Erstaunen hierüber äußerte, erzählte ihm d'Artagnan von den Vorsichtsmaßregeln, wie er durch die aufopfernde Hingabe seiner drei Freunde, die er blutend und verstreut auf der Straße zurückgelassen, mit einem Degenstich sich durchgeschlagen, der durch das Billett der Königin gedrungen war und den er dem Grafen von Wardes mit furchtbarer Münze zurückbezahlt hatte. Während der Herzog auf diese Erzählung hörte, die mit der größten Einfachheit vorgetragen wurde, schaute er d'Artagnan mit erstaunter Miene an, als könnte er nicht begreifen, wie er so viel Mut, so viel Klugheit, so viel Hingebung mit einem Gesicht zusammenreimen sollte, das kaum zwanzig Jahre andeutete.

Die Pferde liefen wie der Wind, und in wenigen Minuten befanden sie sich vor den Toren Londons. D'Artagnan hatte geglaubt, der Herzog würde in der Stadt etwas langsamer reiten, aber dem war nicht so. Er setzte seinen Weg in größter Eile fort und kümmerte sich nicht darum, ob er die Leute auf der Straße über den Haufen ritt. Wirklich ereigneten sich mehrere Unfälle dieser Art während des Rittes durch die Stadt. Aber Buckingham wandte nicht einmal den Kopf, um zu sehen, was aus denjenigen, die er niederritt, geworden war. D'Artagnan folgte ihm mitten unter Ausrufen, die viel Ähnlichkeit mit Verfluchungen hatten.

Im Hof seines Hotels sprang Buckingham vom Pferd, warf ihm gleichgültig den Zügel auf den Hals und stürzte zur Treppe. D'Artagnan tat dasselbe, jedoch mit etwas mehr Unruhe für diese edlen Tiere, deren Verdienst er zu würdigen gelernt hatte. Zu seiner Befriedigung bemerkte er, daß drei bis vier Bedienstete aus den Küchen und Ställen herbeiliefen und sich sofort um die Pferde kümmerten.

Der Herzog ging so rasch, daß d'Artagnan Mühe hatte, ihm zu folgen. Er durchschritt mehrere Salons, die mit einer Eleganz ausgestattet waren, von der selbst die vornehmen Herren Frankreichs keinen Begriff hatten, und kam endlich in ein Schlafgemach, das ein Wunder an Geschmack und Reichtum war. Im Alkoven dieses Gemachs war eine in der Tapete angebrachte Tür, die der Herzog mit einem kleinen goldenen Schlüssel öffnete, den er an einer Kette am Hals trug. Aus Bescheidenheit war d'Artagnan zurückgeblieben, aber in dem Augenblick, wo Buckingham die Schwelle dieser Tür überschritt, drehte er sich um und sprach, als er das Zögern des jungen Mannes bemerkte:

„Kommt, und wenn Ihr die Ehre habt, vor Ihrer Majestät erscheinen zu dürfen, so sagt ihr, was Ihr hier seht."

Ermutigt durch diese Aufforderung, folgte d'Artagnan dem Herzog, der die Tür hinter sich schloß.

Beide standen nun in einer kleinen mit persischer Seide tapezierten und mit Gold durchwirkten Kapelle, die mit einer großen Anzahl von Kerzen stark beleuchtet war. Über einer Art Altar und unter einem Prachthimmel von blauem Samt, überragt von weißen und roten Federn, sah man ein Porträt in Lebensgröße, Anna von Österreich so vollkommen darstellend, daß d'Artagnan unwillkürlich einen Schrei des Erstaunens ausstieß. Man hätte glauben können, Ihre Majestät wäre im Begriff zu sprechen.

Auf dem Altar und unter dem Porträt stand das Kästchen, das die diamantenen Nestelstifte enthielt.

Der Herzog näherte sich dem Altar, kniete davor nieder wie ein Priester vor dem Christusbild und öffnete das Kästchen.

„Seht", sprach er, wobei er eine große, ganz von Diamanten funkelnde blaue Bandschleife hervorzog, „seht, hier sind die kostbaren Nestelstifte, mit denen ich mich begraben lassen wollte. Die Königin hat sie mir gegeben, die Königin nimmt sie mir wieder, ihr Wille geschehe, wie der Wille Gottes, in allen Dingen."

Dann küßte er alle diese Stifte, von denen er sich trennen sollte, einen nach dem andern. Plötzlich stieß er einen furchtbaren Schrei aus.

„Was gibt es?" fragte d'Artagnan unruhig. „Was ist, Mylord?"

„Alles ist verloren!" rief Buckingham, indem er totenbleich wurde, „zwei dieser Nestelstifte fehlen. Es sind nur noch zehn."

„Hat Mylord sie verloren, oder glaubt er, man könnte sie ihm gestohlen haben?"

„Man hat sie mir gestohlen", erwiderte der Herzog, „und das ist ein Streich des Kardinals. Seht, die Bänder, an denen sie befestigt waren, sind mit der Schere durchschnitten."

„Sollte Mylord vermuten, wer den Diebstahl begangen hat? ... Vielleicht sind sie noch in den Händen jener Person."

„Geduld!" rief der Herzog. „Ich trug diese Nestelstifte nur ein einziges Mal vor acht Tagen auf einem Ball des Königs in Windsor. Die Gräfin Winter näherte sich mir auf diesem Ball. Diese Annäherung war eine Rache der eifersüchtigen Frau. Seitdem habe ich sie nicht wieder gesehen. Sie ist eine Agentin Richelieus."

„Also hat er auf der ganzen Welt Agenten?" rief d'Artagnan.

„O ja, ja", sprach Buckingham, vor Zorn mit den Zähnen knirschend, „ja, er ist ein furchtbarer Gegner. Doch wann soll der bewußte Ball stattfinden?"

„Nächsten Montag."

„Nächsten Montag! Fünf Tage also? Das ist mehr Zeit,

als wir brauchen. Patrick!" rief der Herzog, die Tür der Kapelle öffnend, „Patrick!"

Der Kammerdiener erschien.

„Meinen Juwelier und meinen Sekretär!"

Der Kammerdiener entfernte sich mit einer Geschwindigkeit und Schweigsamkeit, die erkennen ließen, daß er an blinden und stummen Gehorsam gewöhnt war.

Aber obwohl man den Juwelier zuerst gerufen hatte, erschien doch der Sekretär zuerst. Dies war ganz einfach, denn er wohnte im Hotel. Er fand Buckingham in seinem Schlafzimmer eigenhändig einige Briefe schreibend an.

„Jackson", sprach er, „Ihr begebt Euch unverzüglich zum Lordkanzler und sagt ihm, daß ich ihn mit Vollziehung dieser Befehle beauftrage. Ich verlange, daß sie sofort bekanntgemacht werden sollen."

„Aber, gnädigster Herr, wenn der Lordkanzler mich nach den Motiven fragt, die Eure Herrlichkeit zu so außerordentlichen Maßregeln veranlassen konnten, was soll ich antworten?"

„Es habe mir so gefallen, und ich brauche niemand über meinen Willen Rechenschaft zu geben."

„Ist das die Antwort, die er Seiner Majestät zu überbringen hat", versetzte der Sekretär lächelnd, „wenn Seine Majestät zufällig neugierig sein sollte, warum kein Schiff aus den Häfen Großbritanniens auslaufen darf?"

„Ihr habt recht", antwortete Buckingham, „er kann in diesem Fall dem König sagen, ich hätte den Krieg beschlossen, und diese Maßregel sei mein erster feindseliger Akt gegen Frankreich."

Der Sekretär verbeugte sich und trat ab.

„Wir sind nun hierin beruhigt", sprach Buckingham. „Wenn die Nestelstifte noch nicht nach Frankreich abgegangen sind, so werden sie erst nach Euch ankommen."

„Wie dies?"

„Ich habe ein Embargo auf alle Schiffe gelegt, welche

sich zu dieser Stunde in den Häfen Englands befinden, und ohne besondere Erlaubnis wird es keines wagen, die Anker zu lichten."

D'Artagnan betrachtete diesen Mann, der die unbeschränkte Gewalt, womit ihn das Vertrauen des Königs bekleidet hatte, zugunsten seiner Liebschaften ausbeutete. Buckingham bemerkte am Gesichtsausdruck des jungen Mannes, was in seinem Innern vorging, und lächelte.

„Ja", sagte er, „ja, Anna von Österreich ist meine wahre Königin, auf ein Wort von ihr verriete ich mein Vaterland, meinen König, meinen Gott. Sie hat mich gebeten, den Protestanten von La Rochelle die Hilfe nicht zu schicken, die ich ihnen zugesagt hatte, und ich habe es getan. Ich habe mein Wort gebrochen, aber egal, ich gehorchte ihrem Wunsch. Sagt, wurde ich nicht großmütig für meinen Gehorsam belohnt? Diesem habe ich nämlich ihr Porträt zu verdanken."

D'Artagnan staunte und überdachte, an welch schwachen und unbekannten Fäden oft die Geschicke der Völker und das Leben der Menschen hängen.

Er war ganz in Betrachtungen versunken, als der Goldschmied eintrat. Er war Ire und einer der geschicktesten Künstler seines Fachs. Er gestand selbst, daß er jährlich hunderttausend Livres durch den Duke of Buckingham verdiente.

„O'Reilly", sagte der Herzog, indem er ihn in die Kapelle führte, „betrachtet diese diamantenen Nestelstifte und sagt mir, was das Stück wert ist."

Der Goldschmied warf einen Blick auf die zierliche Fassung, berechnete den Wert jedes einzelnen Diamanten und antwortete ohne Zögern:

„Fünfzehnhundert Pistolen das Stück."

„Wie viele Tage braucht man, um zwei solcher Nestelstifte zu machen? Ihr seht, daß zwei fehlen."

„Acht Tage, Mylord."

„Ich bezahle Euch dreitausend Pistolen für das Stück. Übermorgen muß ich sie haben."

„Mylord wird sie haben."

„Ihr seid ein kostbarer Mann, O'Reilly. Aber das ist noch nicht alles. Diese Stifte kann man niemand anvertrauen, sie müssen in meinem Palast gemacht werden."

„Unmöglich, Mylord, nur ich bin imstande, die Arbeit so auszuführen, daß man den Unterschied zwischen den neuen und den alten nicht sieht."

„Dann seid Ihr mein Gefangener, mein lieber O'Reilly, und dürft den Palast von dieser Stunde an nicht mehr verlassen, entschließt Euch also. Nennt mir diejenigen Eurer Gehilfen, die ihr braucht, und bezeichnet mir die Werkzeuge, die sie mitbringen sollen."

Der Goldschmied kannte den Herzog. Er wußte, daß jede Widerrede vergeblich wäre, und faßte also sogleich seinen Entschluß.

„Darf ich meine Frau davon in Kenntnis setzen?" fragte er.

„Oh, es ist Euch auch erlaubt, sie zu sehen, mein lieber O'Reilly. Seid unbesorgt, Eure Gefangenschaft soll mild sein, und da jede Störung eine Entschädigung fordert, so nehmt außer dem Preis für die zwei Nestelstifte diese Anweisung auf tausend Pistolen, damit Ihr leichter die Beschwerde vergeßt, die ich Euch verursache."

D'Artagnan konnte sich von seinem Erstaunen über diesen Minister nicht erholen, der mit vollen Händen Menschen und Millionen in Bewegung setzte.

Der Goldschmied schrieb an seine Frau und schickte ihr die Anweisung auf tausend Pistolen, mit dem Auftrag, ihm dagegen seinen geschicktesten Gesellen, eine Auswahl von Diamanten, die er ihr dem Gewicht und Titel nach bezeichnete, und eine Anzahl verschiedener Instrumente zuzusenden.

Buckingham führte den Goldschmied in das für ihn

bestimmte Zimmer, das in einer halben Stunde in eine Werkstätte verwandelt war. Dann stellte er eine Wache vor jede Tür mit dem strengen Verbot, irgend jemand außer seinem Kammerdiener Patrick einzulassen. Es bedarf kaum der Erwähnung, daß es dem Goldschmied O'Reilly und seinem Gehilfen unter keinem Vorwand gestattet war, den Palast zu verlassen.

Nachdem der Herzog diesen Punkt geordnet hatte, kehrte er zu d'Artagnan zurück.

„Nun, mein junger Freund", sprach er, „nun gehört England uns beiden. Was wollt Ihr, was wünscht Ihr?"

„Ein Bett", antwortete d'Artagnan, „das ist in diesem Augenblick für mich das wesentlichste Bedürfnis."

Buckingham gab d'Artagnan ein Zimmer, das an das seine stieß. Er wollte den jungen Mann behalten, nicht als ob er ihm mißtraut hätte, sondern um einen Menschen um sich zu haben, mit dem er beständig von der Königin sprechen konnte.

Eine Stunde später wurde in London der Befehl verkündet, kein nach Frankreich bestimmtes Schiff aus den Häfen auslaufen zu lassen. Dies war eindeutig eine Kriegserklärung zwischen den zwei Königreichen.

Am zweiten Tag um elf Uhr waren die diamantenen Nestelstifte fertig und so genau nachgeahmt, so vollkommen ähnlich, daß Buckingham die neuen nicht von den alten unterscheiden konnte und daß das geübteste Kennerauge sich getäuscht hätte.

Gleich ließ der Herzog d'Artagnan rufen.

„Hier sind die diamantenen Nestelstifte, die Ihr holen wolltet. Seid mein Zeuge, daß ich alles getan habe, was in der Macht eines Menschen lag."

„Seid unbesorgt, Mylord, ich werde erzählen, was ich gesehen habe, aber Eure Herrlichkeit legen die Nestelstifte nicht wieder in das Kästchen."

„Das Kästchen wäre unbequem für Euch. Überdies ist es

für mich um so kostbarer, als es mir allein bleibt. Ihr werdet sagen, daß ich es behalte."

„Euer Auftrag soll Wort für Wort vollzogen werden, Mylord."

„Und nun", sprach Buckingham und schaute dabei den jungen Mann fest an, „wie soll ich meine Schuld gegen Euch abtragen?"

D'Artagnan errötete bis über die Ohren. Er sah, daß der Herzog ihn bewegen wollte, irgend etwas anzunehmen, und der Gedanke, daß das Blut seiner Gefährten und das seine mit englischem Gold bezahlt werden sollte, widerstrebte ganz und gar seiner Denkungsart.

„Verständigen wir uns, Mylord", versetzte d'Artagnan, „wägen wir die Umstände vorher genau ab, damit nicht nachher ein Mißverständnis daraus entstehe. Ich bin im Dienste des Königs und der Königin von Frankreich und gehöre zu der Gardekompanie des Herrn des Essarts, der wie sein Schwager, Herr von Treville, Ihren Majestäten ganz besonders ergeben ist. Ich habe also alles für die Königin und nichts für Eure Herrlichkeit getan. Außerdem hätte ich vielleicht von all dem gar nichts ausgeführt, wenn es sich nicht darum gehandelt hätte, einer Person angenehm zu sein, die meine Dame ist, wie die Königin die Eure."

„Ja", sprach der Herzog lächelnd, „und ich glaube sogar die andere Person zu kennen; es ist…"

„Mylord, ich habe sie nicht genannt", unterbrach ihn der junge Mann lebhaft.

„Das ist wahr", sprach der Herzog. „Also muß ich dieser Person für Eure Aufopferung dankbar sein?"

„Ihr habt es gesagt, Mylord. Denn gerade zu dieser Stunde, wo von einem Krieg die Rede ist, gestehe ich, daß ich in Eurer Herrlichkeit nur einen Engländer und folglich einen Feind sehe, dem ich noch viel lieber auf dem Schlachtfeld als im Park von Windsor oder in den Gängen des Louvre begegnen würde, was mich aber nicht abhalten soll, meine Sendung zu vollziehen und mich nötigenfalls in deren Erfüllung töten zu lassen. Ich wiederhole aber Eurer Herrlichkeit, daß Ihr mir persönlich ebensowenig für das zu danken habt, was ich bei diesem zweiten Zusammentreffen für mich tue, als für das, was ich bei den ersten für Euch getan habe."

„Wir sagen: ‚Stolz wie ein Schotte'", murmelte Buckingham.

„Und wir sagen: ‚Stolz wie ein Gascogner'", antwortete d'Artagnan. „Die Gascogner sind die Schotten Frankreichs."

D'Artagnan verbeugte sich vor dem Herzog und wollte gehen.

„Nun? Ihr geht, wie Ihr seid! Auf welchem Weg, wie?"
„Das ist wahr!"
„Gott verdamm mich! Die Franzosen überlegen gar nichts."
„Ich hatte vergessen, daß England eine Insel ist und daß Ihr deren König seid."
„Geht zum Hafen, fragt nach der Brigg ‚Sund', stellt dem Kapitän diesen Brief zu. Er wird Euch zu einer Bucht in Frankreich bringen, wo man Euch gewiß nicht erwartet und wo gewöhnlich nur Fischerschiffe landen."
„Wie heißt diese Bucht?"
„Saint-Valery. Doch wartet. Dort angelangt, geht Ihr in eine schlechte Herberge ohne Namen und Schild, in eine wahre Matrosenschenke. Ihr könnt Euch nicht täuschen. Es gibt nur eine dort."
„Und dann?"
„Ihr fragt nach dem Wirt und sagt ihm: ‚Forward'."
„Was soll das heißen?"
„Vorwärts. Das ist das Losungswort. Er wird Euch ein gesatteltes Pferd geben und den Weg sagen, den Ihr einzuschlagen habt. Auf dieselbe Art findet Ihr vier Relais auf

Eurem Weg. Wenn Ihr wollt, so gebt Ihr jedem Eure Adresse in Paris, und die vier Pferde werden Euch dorthin folgen. Zwei davon kennt Ihr bereits, und es schien mir, Ihr wußtet sie als Liebhaber zu schätzen. Es sind die beiden, die wir ritten. Glaubt mir, die zwei anderen werden ihnen nicht nachstehen. Diese vier Pferde sind für das Feld ausgerüstet. So stolz Ihr auch seid, werdet Ihr Euch doch wohl nicht weigern, eines für Euch und die drei anderen für Eure Gefährten anzunehmen. Ihr nehmt sie ja, um damit Krieg gegen uns zu führen. Der Zweck heiligt das Mittel, wie Ihr Franzosen sagt, nicht wahr?"

„Ja, Mylord, ich nehme an", sprach d'Artagnan, „und wir werden, wenn es Gott gefällt, einen guten Gebrauch von Euren Geschenken machen."

„Nun Eure Hand, junger Mann, vielleicht treffen wir uns bald auf dem Schlachtfeld, mittlerweile scheiden wir gewiß als gute Freunde."

„Ja, Mylord, aber in der Hoffnung, bald Feinde zu werden."

„Seid ruhig, ich verspreche es Euch."

„Ich baue auf Euer Wort, Mylord."

D'Artagnan verbeugte sich vor dem Herzog und lief rasch zum Hafen.

Dem Tower von London gegenüber fand er das bezeichnete Schiff, stellte den Brief dem Kapitän zu, der ihn von dem Hafengouverneur visieren ließ und sogleich unter Segel ging.

Fünfzig Schiffe warteten zum Auslaufen bereit. Als d'Artagnan Bord an Bord an einem vorüberfuhr, glaubte er, die Frau von Meung zu erkennen, die der unbekannte Edelmann Mylady genannt und die er selbst so schön gefunden hatte.

Aber mit Hilfe der raschen Strömung und gutem Wind lief das Schiff so geschwind, daß es bald außer Sicht der anderen war.

Am anderen Tag gegen neun Uhr morgens ankerte man vor Saint-Valery.

D'Artagnan wandte sich sogleich zur bezeichneten Herberge. Man sprach dort von dem Krieg zwischen England und Frankreich als von einer nahe bevorstehenden und unzweifelhaften Sache, und die Matrosen feierten ein lustiges Gelage.

D'Artagnan durchschritt die Menge, ging auf den Wirt zu und sprach das Wort „Forward" aus. Sogleich deutete ihm der Wirt durch ein Zeichen an, er möge ihm folgen, entfernte sich mit ihm durch eine Tür, die in den Hof ging, führte ihn in den Stall, wo ein vollständig gesatteltes und aufgezäumtes Pferd stand, und fragte ihn, ob er sonst noch etwas brauche.

„Ich brauche nur den Weg kennenzulernen, den ich einzuschlagen habe", sagte d'Artagnan.

„Reitet von hier nach Blangy und von Blangy nach Neufchâtel. In Neufchâtel steigt an der Herberge ‚Zur Goldenen Egge' ab, sagt dem Wirt das Losungswort, und Ihr werdet wie hier ein Pferd mit Sattel und Zeug finden."

„Habe ich Euch etwas zu zahlen?" fragte d'Artagnan.

„Es ist alles bezahlt", antwortete der Wirt, „und zwar reichlich. Geht also, und Gott geleite Euch."

„Amen!" erwiderte der junge Mann und ritt im Galopp davon.

Vier Stunden später war er in Neufchâtel.

Er befolgte streng die Instruktion, die er erhalten hatte. In Neufchâtel, wie zuvor in Saint-Valery, fand er ein Pferd mit Sattel und Zeug. Er wollte die Pistolen aus dem Sattel nehmen und in den anderen übertragen, aber die Halfter waren bereits mit ähnlichen Pistolen ausgerüstet.

„Eure Adresse in Paris?" – „Hotel der Garden, Kompanie des Essarts." – „Gut", antwortete der Wirt. – „Welchen Weg soll ich nehmen?" fragte d'Artagnan.

„Den von Rouen. Ihr laßt aber die Stadt rechts liegen. In

dem Dorf Ecouis haltet Ihr an. Es gibt dort nur eine Herberge, die ‚Zum Französischen Taler'. Beurteilt sie nicht nach ihrem Aussehen. In ihrem Stall findet Ihr ein Pferd, das so viel wert ist wie dieses."

„Dasselbe Losungswort?" – „Ganz dasselbe." – „Gott befohlen!" – „Glückliche Reise, edler Herr!"

D'Artagnan gab seinem Pferd die Sporen. In Ecouis wiederholte sich dieselbe Szene. Er fand einen ebenso zuvorkommenden Wirt, ein frisches, ausgeruhtes Pferd, ließ seine Adresse zurück und ritt mit Eile nach Pontoise. In Pontoise wechselte er zum letztenmal, und um neun Uhr abends sprengte er in vollem Galopp in den Hof des Herrn von Treville. Er hatte beinahe sechzig französische Meilen in zwölf Stunden zurückgelegt.

Herr von Treville empfing ihn, als ob er ihn an demselben Morgen gesehen hätte, nur drückte er ihm die Hand etwas lebhafter als gewöhnlich. Er teilte ihm mit, daß die Kompanie des Herrn des Essarts im Louvre Wache habe und daß er gleich auf Posten ziehen könne.

9. Kapitel

Der Pavillon

Um sieben Uhr befand sich d'Artagnan bei dem Hotel der Garden. Er fand Planchet unter Waffen. Das vierte Pferd war eingetroffen. Planchet hatte seine Muskete und eine Pistole bei sich. D'Artagnan war mit seinem Degen bewaffnet und hatte zwei Pistolen in seinem Gürtel. Dann schwangen sich beide aufs Pferd und zogen geräuschlos ab. Es war finstere Nacht, und niemand sah, wie sie sich entfernten. Planchet ritt zehn Schritt hinter seinem Herrn.

D'Artagnan ritt über die Quais, zog durch die Porte de la

Conférence und schlug dann den reizenden Weg ein, der nach Saint-Cloud führt und damals noch viel schöner war als heutzutage.

Solange man in der Stadt war, hielt sich Planchet in der ehrfurchtsvollen Entfernung, die er sich vorgeschrieben hatte; aber als der Weg öder und dunkler zu werden anfing, näherte er sich ganz leise, so daß er, als man den Bois de Boulogne erreichte, auf eine ganz natürliche Weise neben seinem Herrn herritt. Wir können nicht verschweigen, daß die zitternde Bewegung der großen Bäume und der Widerschein des Mondes in dem düsteren Gehölz ihm eine lebhafte Unruhe verursachte. D'Artagnan bemerkte, daß in seinem Bediensteten etwas Außerordentliches vorging, und fragte ihn:

„Planchet, was haben wir denn?" – „Findet Ihr nicht, gnädiger Herr, daß die Wälder gerade wie die Kirchen sind?" – „Warum dies, Planchet?" – „Weil man in ihnen nicht laut zu sprechen wagt." – „Warum wagst du nicht laut zu sprechen, Planchet? Weil du Furcht hast?" – „Furcht, gehört zu werden, ja, gnädiger Herr." – „Furcht, gehört zu werden? Unser Gespräch ist doch moralischer Natur, und niemand wird etwas dagegen einzuwenden haben."

„Ach, gnädiger Herr", versetzte Planchet, auf den in ihm vorherrschenden Gedanken zurückkommend, „daß dieser Herr Bonacieux etwas Duckmäuserisches in seinen Augenbrauen und etwas Widerwärtiges im Spiel seiner Lippen hat, ist gewiß nicht zu leugnen!" – „Welcher Teufel heißt dich an Bonacieux denken?" – „Gnädiger Herr, man denkt, an was man kann, und nicht, an was man will." – „Weil du ein Hasenherz bist, Planchet." – „Gnädiger Herr, wir wollen nicht die Klugheit mit der Feigheit verwechseln. Klugheit ist eine Tugend." – „Und du bist tugendhaft, nicht wahr, Planchet?" – „Gnädiger Herr, ist das nicht ein Musketenlauf, was da unten glänzt? Wenn wir uns bückten?" – „Wirklich", murmelte d'Artagnan, der sich an den Rat des Herrn von Treville erinnerte, „dieses Vieh könnte mir am Ende bange machen." Und er setzte sein Pferd in Trab.

Planchet folgte der Bewegung seines Herrn so genau, als ob er sein Schatten gewesen wäre, und hielt sich an seiner Seite.

„Werden wir die ganze Nacht so marschieren, gnädiger Herr?" fragte er. – „Nein, Planchet, denn du bist an Ort und Stelle." – „Wie? Ich bin an Ort und Stelle! Und der gnädige Herr?" – „Ich gehe noch einige Schritte." – „Und der gnädige Herr läßt mich hier allein?" – „Ist dir bange, Planchet?" – „Nein, aber ich erlaube mir zu bemerken, daß die Nacht sehr kalt wird, daß die Kühle Rheumatismus verursacht und daß ein mit Rheumatismus behafteter Lakai ein trauriger Bediensteter ist, besonders für einen so rüstigen Mann wie Ihr." – „Wohl, wenn du frierst, Planchet, so geh in eine der Schenken, die du da unten siehst, und erwarte mich morgen früh um sechs Uhr vor der Tür." – „Gnädiger Herr, ich habe den Taler, den Ihr mir diesen Morgen gegeben habt, ehrfurchtsvoll verspeist und vertrunken, so daß mir kein einziger Sou mehr übrigbleibt, falls ich frieren würde." – „Hier ist eine halbe Pistole. Morgen also."

D'Artagnan stieg vom Pferd, warf Planchet den Zügel über den Arm, hüllte sich in seinen Mantel und ging rasch davon.

„Gott, wie kalt!" rief Planchet, sobald er seinen Herrn aus dem Gesicht verloren hatte, und um sich so schnell als möglich wieder zu erwärmen, klopfte er eiligst an die Tür eines Hauses, das mit allen Zeichen einer Schenke geschmückt war.

D'Artagnan, der einen kleinen Fußpfad eingeschlagen hatte, setzte mittlerweile seine Wanderung fort und erreichte Saint-Cloud, aber statt die Landstraße zu nehmen, wandte er sich hinter das Schloß, ging durch eine ziemlich verborgene Gasse und befand sich bald vor dem bezeichneten Pavillon. Dieser lag an einem völlig öden Ort. Eine große Mauer, an deren Ecke er den Pavillon sah, zog sich an der einen Seite dieser Gasse hin, auf der anderen verdeckte eine Hecke, in deren Hintergrund sich eine elende Hütte erhob, einen kleinen Garten gegen die Vorübergehenden.

Er hatte die Stelle des Rendezvous erreicht, und da man ihm nicht angedeutet hatte, daß er sich durch ein Signal ankündigen sollte, so wartete er.

Nicht das geringste Geräusch ließ sich vernehmen. Man hätte in der Tat glauben können, man wäre hundert Meilen von der Hauptstadt entfernt. D'Artagnan lehnte sich an die Hecke, nachdem er einen Blick hinter sich geworfen hatte. Jenseits der Hecke hüllte ein düsterer Nebel den unermeßlichen Raum, wo Paris schläft, in seine Falten, eine gähnende Leere, in der noch einige leuchtende Punkte, düstere Sterne dieser Hölle, glänzten.

Aber für d'Artagnan kleideten sich alle diese Ansichten in eine glückliche Gestalt, alle Gedanken hatten ein Lächeln, die Finsternis war durchsichtig. Die Stunde des Rendezvous sollte schlagen. Nach einigen Minuten ließ wirklich der Glockenturm von Saint-Cloud langsam zehn Schläge aus seinem brüllenden Rachen fallen. Es lag etwas Trauriges in dieser ehernen, mitten in der Nacht wehklagenden Stimme.

Aber jeder dieser Schläge, der die erwartete Stunde bezeichnete, vibrierte harmonisch im Herz des jungen Mannes.

Seine Augen blieben auf den kleinen an der Ecke der Mauer liegenden Pavillon gerichtet, dessen Fenster alle durch Läden verschlossen waren, mit Ausnahme eines einzigen im ersten Stock. Durch dieses Fenster glänzte ein sanftes Licht, das das zitternde Laubwerk einiger Linden versilberte, die, eine Gruppe bildend, sich vor dem Park erhoben. Hinter diesem so anmutig beleuchteten Fenster erwartete ihn offenbar die hübsche Madame Bonacieux.

Von diesem süßen Gedanken gewiegt, hatte d'Artagnan eine halbe Stunde ohne die geringste Ungeduld, die Augen auf die reizende kleine Wohnung geheftet, von der er teilweise die Decke mit den vergoldeten Leisten erblickte, die auf die Eleganz des übrigen schließen ließen.

Die Glocken von Saint-Cloud schlugen halb elf Uhr. Diesmal durchlief ein Schauer die Adern unseres Helden, ohne daß er begriff, warum. Vielleicht bemächtigte sich die Kälte seiner, und er nahm eine rein körperliche Empfindung für einen seelischen Eindruck.

Dann kam ihm der Gedanke, er habe schlecht gelesen und das Rendezvous sei erst für elf Uhr bestimmt.

Er näherte sich dem Fenster, stellte sich in einen Lichtstrahl, zog den Brief aus der Tasche und las ihn noch einmal durch. Er hatte sich nicht getäuscht: das Rendezvous war auf zehn Uhr festgesetzt. Er begab sich wieder auf seinen Posten und fing an, über diese Stille und Einsamkeit sehr traurig zu werden.

Es schlug elf Uhr.

D'Artagnan begann zu fürchten, es könnte Madame Bonacieux etwas zugestoßen sein.

Er schlug dreimal in die Hände – das gewöhnliche Zeichen der Verliebten –, aber niemand antwortete, nicht einmal ein Echo.

Dann dachte er, nicht ohne einen gewissen Ärger, die junge Frau sei vielleicht, während sie ihn erwartete, eingeschlafen. Er näherte sich der Mauer und versuchte hinaufzusteigen, aber sie war frisch getüncht, und d'Artagnan brach sich vergeblich die Nägel ab.

In diesem Augenblick bemerkte er die Bäume, deren Blätter fortwährend von dem Licht versilbert wurden, und da einer davon in den Weg hineinragte, so glaubte er, aus seinen Zweigen würde sein Blick in den Pavillon dringen können.

Der Baum war leicht zu ersteigen. D'Artagnan war überdies erst zwanzig und erinnerte sich an seine Schülerübungen. Sogleich befand er sich mitten in den Zweigen, und durch die Fensterscheiben tauchten seine Augen in das Innere des Pavillons.

Seltsamer Anblick, der d'Artagnan vom Scheitel bis zur Fußsohle erschaudern ließ – dieses sanfte Licht, diese ruhige Lampe beleuchtete eine furchtbare Verwüstung: Eine der Fensterscheiben war zerbrochen, die Tür hatte man eingestoßen, und sie hing halb zertrümmert an ihren Angeln, ein Tisch, auf dem ein großes Abendessen gestanden haben mußte, lag auf dem Boden, Scherben von Flaschen lagen auf dem Teppich umher, und dazwischen sah man Früchte und Speisen umhergeworfen. Alles zeugte dafür, daß in diesem Zimmer ein heftiger, verzweifelter Kampf stattgefunden hatte. D'Artagnan glaubte sogar mitten unter diesem seltsamen Durcheinander Fetzen von Kleidern und Blutflecken an dem Tischtuch und an den Vorhängen zu erkennen.

Er beeilte sich mit gräßlichem Herzklopfen, wieder auf die Straße hinabzusteigen, und wollte sehen, ob er keine andere Spur von Gewalt feststellen könnte.

Das sanfte Licht glänzte immer noch in der Stille der Nacht. D'Artagnan bemerkte jetzt, was ihm früher entgangen war, da ihn vorher nichts zu einer näheren Prüfung anregte, daß der Boden, hier und dort eingetreten und durchlöchert, verworrene Spuren von Menschentritten und Pferdehufen zeigte. Überdies hatten die Räder eines Wagens, der anscheinend von Paris gekommen war, in der weichen Erde einen tiefen Eindruck gewühlt, der nicht über den Pavillon hinausreichte und sich gegen Paris zurückwendete.

Seine Nachforschungen weiter verfolgend, fand d'Artagnan in der Nähe der Mauer einen Frauenhandschuh, der jedoch an allen Stellen, wo er die schmutzige Erde nicht berührt hatte, von tadelloser Frische war. Es war einer jener duftenden Handschuhe, wie die Liebenden sie so gern einer hübschen Hand entreißen.

Je länger d'Artagnan seine Forschungen fortsetzte, desto mehr schnürte sich sein Herz in furchtbarer Angst zusammen, sein Atem wurde keuchend, und dennoch suchte er sich durch den Gedanken zu beruhigen, dieser Pavillon habe vielleicht nichts mit Madame Bonacieux gemein. Die junge Frau habe ihn ja vor und nicht in den Pavillon bestellt. Sie könnte in Paris durch ihren Dienst, durch die Eifersucht ihres Gatten zurückgehalten worden sein. Aber alle diese Betrachtungen wurden abgeschwächt, zerstört, über den Haufen geworfen durch jenes schmerzliche innere Gefühl, das sich bei gewissen Veranlassungen unseres ganzen Seins bemächtigt und uns durch alles das, was wir zu hören bestimmt sind, zuruft, daß ein großes Unglück über uns schwebe.

D'Artagnan wurde nun beinahe wahnsinnig. Er lief auf die Landstraße, schlug denselben Weg ein, den er bereits gekommen war, und ging bis zur Fähre, um den Fährmann zu befragen.

Gegen sieben Uhr abends hatte der Fährmann eine in einen schwarzen Mantel gehüllte Frau übergesetzt, der viel daran zu liegen schien, daß man sie nicht erkenne, aber gerade wegen dieser Vorsichtsmaßregel betrachtete sie der Fährmann mit größerer Aufmerksamkeit und erkannte, daß es eine junge und schöne Frau war.

Damals wie heutzutage gab es eine Menge junger und schöner Frauen, die nach Saint-Cloud kamen und denen sehr viel daran lag, nicht erkannt zu werden, und dennoch zweifelte d'Artagnan nicht einen Augenblick daran, daß es Madame Bonacieux gewesen war, die der Fährmann gesehen hatte.

D'Artagnan benutzte die Lampe, die in der Hütte des Fährmanns glänzte, um das Billett von Madame Bonacieux noch einmal zu lesen und sich zu überzeugen, daß er sich nicht getäuscht, daß das Rendezvous in Saint-Cloud und nicht anderswo, vor dem Pavillon des Herrn d'Estrées und nicht in einer anderen Straße stattfinden sollte. Alles wirkte zusammen, um d'Artagnan zu beweisen, daß seine Ahnungen ihn nicht täuschten und daß sich ein großes Unglück ereignet hatte.

Er lief rasch auf dem Weg zum Schloß zurück. Er dachte, es sei in dem Pavillon vielleicht etwas Neues vorgefallen und es müßten ihn Nachrichten dort erwarten.

Die Gasse war immer noch öde, und derselbe ruhige, sanfte Schein verbreitete sich aus dem Zimmer. D'Artagnan dachte nun an das blinde und taube kleine Gebäude, das aber ohne Zweifel gesehen hatte und vielleicht sprechen konnte. Die Tür des Zauns war verschlossen, aber er sprang über die Hecke und näherte sich der Hütte trotz des Bellens eines Kettenhundes.

Auf die ersten Schläge antwortete niemand. Es herrschte Totenstille in der Hütte wie in dem Pavillon; da jedoch diese Hütte seine letzte Zuflucht war, so blieb er beharrlich.

Bald glaubte er im Innern ein leichtes Geräusch zu vernehmen, ein furchtsames Geräusch, ein Geräusch, das zitterte, gehört zu werden.

D'Artagnan hörte nun auf zu klopfen und bat mit einem Ton so voll Unruhe und Versprechungen, voll Schrecken und Schmeichelei, daß seine Stimme auch den Furchtsamsten beruhigen mußte. Endlich wurde ein alter wurmstichiger Laden ein wenig geöffnet, aber sogleich wieder geschlossen, als der Schein einer elenden Lampe, welche in einem Winkel brannte, d'Artagnans Wehrgehenk, seinen Degengriff und den Schaft seiner Pistolen beleuchtete. So rasch die Bewegung gewesen war, so hatte d'Artagnan doch Zeit gehabt, flüchtig den Kopf eines Greises wahrzunehmen.

„Um Gottes willen!" rief er, „hört mich. Ich erwarte jemand, der nicht kommt, und sterbe vor Unruhe. Sollte ein Unglück in der Gegend vorgefallen sein? Sprecht!"

Das Fenster öffnete sich langsam zum zweitenmal, und dasselbe Gesicht erschien wieder.

D'Artagnan erzählte unumwunden seine Geschichte beinahe bis auf die Namen. Er sagte, wie er mit einer jungen Frau vor diesem Pavillon ein Rendezvous hätte haben sollen und wie er, da sie nicht erschienen, auf eine Linde gestiegen beim Lampenschein die Zerstörung im Innern des Zimmers gesehen habe.

Der Greis hörte ihm aufmerksam zu und bestätigte durch Zeichen, daß es sich so verhalten müsse. Als d'Artagnan geendigt hatte, schüttelte er den Kopf mit einer Miene, die nichts Gutes andeutete.

„Was wollt Ihr sagen?" rief d'Artagnan. „Ich beschwöre Euch im Namen des Himmels, erklärt Euch!"

„Oh, Herr", sprach der Greis, „fragt mich nicht; denn wenn ich Euch sagte, was ich gesehen habe, würde es mir sicherlich schlimm ergehen."

„Ihr habt also etwas gesehen?" versetzte d'Artagnan. „In diesem Fall bitte ich Euch um Gottes willen", fuhr er, dem Alten ein Goldstück zuwerfend, fort, „sagt, sagt, was Ihr gesehen habt, und ich gebe Euch mein Wort als Edelmann, daß nichts von dem, was Ihr mir mitteilt, über meine Lippen kommen soll."

Der Greis las in d'Artagnans Gesicht so viel Schmerz und Offenherzigkeit, daß er mit leiser Stimme sprach:

„Es war ungefähr neun Uhr; ich vernahm ein Geräusch auf der Straße und wollte wissen, was das sein könnte, als man sich meiner Tür näherte, und ich sah, daß jemand hereinkommen wollte. Da ich arm bin und mich nicht vor Dieben zu fürchten habe, so öffnete ich und erblickte einige

Schritte vor mir drei Männer; im Schatten stand ein Wagen mit angespannten Pferden und Reitpferden. Diese gehörten offenbar den drei Männern, die Reitkleidung trugen.

‚Aber meine guten Herren', rief ich, ‚was verlangt Ihr?'

‚Du mußt eine Leiter haben', sprach derjenige von ihnen, der der Anführer der Eskorte zu sein schien.

‚Ja, Herr, zum Obstpflücken.'

‚Gib sie uns, und geh wieder in deine Hütte. Hier ist ein Taler für die Störung. Erinnere dich jedoch, daß du, wenn du ein Wort von dem sagst, was du sehen oder hören wirst (und du wirst hinsehen und zuhören, wie sehr wir dich auch bedrohen mögen), daß du, sage ich, verloren bist.'

Bei diesen Worten warf er mir einen Taler zu, den ich aufhob, und nahm meine Leiter.

Nachdem ich die Tür der Hecke hinter ihnen verschlossen hatte, stellte ich mich wirklich, als kehrte ich in das Haus zurück, aber ich ging gleich wieder durch eine Hintertür hinaus, schlüpfte in den Schatten, und es gelang mir, das Holundergebüsch zu erreichen, aus dem ich alles sehen konnte, ohne selbst gesehen zu werden.

Die drei Männer hatten den Wagen ohne Geräusch vorfahren lassen und zogen einen kleinen, dicken, kurzen, ärmlich gekleideten Mann heraus, der vorsichtig die Leiter hinaufkletterte, duckmäuserisch in das Innere des Zimmers schaute, leise wieder herabstieg und mit gedämpfter Stimme murmelte:

‚Sie ist es!'

Sogleich näherte sich derjenige, der mit mir gesprochen hatte, der Pavillontür und öffnete sie mit einem Schlüssel, den er bei sich trug, verschloß die Tür wieder und verschwand. Zu gleicher Zeit stiegen die zwei anderen die Leiter hinauf. Der kleine Alte blieb am Kutschenschlag, der Kutscher hielt die Wagenpferde und ein Lakai die Reitpferde.

Plötzlich ertönte ein gewaltiges Geschrei in dem Pavillon. Eine Frau lief an das Fenster und öffnete es, als wollte sie sich hinausstürzen. Aber sobald sie die zwei Männer erblickte, fuhr sie zurück, die zwei Männer sprangen ihr ins Zimmer nach.

Nun sah ich nichts mehr, aber ich hörte ein Getöse, wie wenn Möbel zerschlagen würden. Die Frau kreischte und schrie um Hilfe. Bald wurde ihr Geschrei erstickt. Die drei Männer näherten sich, die Frau in ihren Armen, dem Fenster. Zwei stiegen auf der Leiter herab und brachten sie in den Wagen, in den der kleine Alte nach ihr hineinkletterte. Derjenige, welcher im Pavillon geblieben war, verschloß das Fenster wieder, trat einen Augenblick nachher zur Tür heraus und überzeugte sich, daß die Frau im Wagen gut untergebracht war. Seine zwei Gefährten erwarteten ihn bereits zu Pferde. Er sprang ebenfalls in den Sattel; der Lakai nahm seinen Platz neben dem Kutscher; der Wagen entfernte sich, von den drei Reitern geleitet, im Galopp, und alles war vorüber. Von diesem Augenblick an habe ich nichts mehr gehört, nichts mehr gesehen."

Niedergeschmettert von dieser Auskunft, blieb d'Artagnan stumm und unbeweglich, während in seinem Innern alle Teufel des Zorns und der Eifersucht wüteten.

„Aber, mein edler Herr", versetzte der Greis, auf den diese Verzeiflung eine größere Wirkung hervorbrachte, als wenn er geschrien und geweint hätte, „laßt Euch doch nicht vom Schmerz so beugen, sie haben sie Euch nicht getötet, das ist die Hauptsache."

„Wißt Ihr vielleicht", sprach d'Artagnan, „wer der Mann ist, der diese höllische Expedition anführte?"

„Ich kenne ihn nicht."

„Aber da er mit Euch sprach, so konntet ihr ihn doch wohl sehen?"

„Ah! Ihr verlangt sein Signalement von mir."

„Ja."

„Ein großer, magerer Mann von schwärzlicher Gesichtsfarbe, mit schwarzem Schnurrbart, schwarzen Augen und dem Wesen eines Edelmanns."

„Ganz recht!" rief d'Artagnan, „schon wieder er! Das ist mein böser Dämon, wie es scheint! Und der andere?"

„Welcher?"

„Der Kleine."

„Ah! Das war kein vornehmer Herr! Dafür stehe ich. Auch trug er keinen Degen, und die anderen behandelten ihn durchaus nicht mit Achtung."

„Irgendein Lakai", murmelte d'Artagnan. „Oh, arme Frau, arme Frau! Was haben sie mit ihr gemacht?"

„Ihr habt mir Geheimhaltung versprochen", sagte der Greis.

„Ich erneuere Euch mein Versprechen. Seid unbesorgt, ich bin ein Edelmann. Ein Edelmann hat nur sein Ehrenwort, und ich habe Euch das meine gegeben."

Mit tief verwundeter Seele schlug d'Artagnan wieder den Weg zur Fähre ein. Bald konnte er nicht glauben, daß es Madame Bonacieux gewesen, und er hoffte, sie am anderen Tage wieder im Louvre zu finden; bald befürchtete er, sie könnte einen Liebeshandel mit einem anderen haben und ein Eifersüchtiger habe sie überfallen und entführt. Er schwankte, er wütete, er verzweifelte.

„Oh, wenn meine Freunde hier wären!" rief er, „dann hätte ich wenigstens Hoffnung, sie wiederzufinden, aber wer weiß, was aus ihnen geworden ist?"

Es war beinahe Mitternacht, und er mußte Planchet aufsuchen. D'Artagnan ließ sich nach und nach alle Schenken öffnen, in denen er Licht bemerkte. In keiner davon fand er Planchet. Bei der sechsten bedachte er, daß die Nachforschung etwas gewagt war. D'Artagnan hatte seinen Bediensteten erst auf sechs Uhr morgens bestellt, und dieser befand sich in seinem Recht, wo er auch sein mochte. Überdies kam dem jungen Mann der Gedanke, daß er, wenn er in der Nähe des Orts bliebe, wo das

Ereignis vorgefallen war, vielleicht einige Aufklärung über die geheimnisvolle Geschichte erhalten würde. In der sechsten Schenke blieb d'Artagnan also, verlangte eine Flasche vom besten und zog sich in den dunkelsten Winkel zurück, entschlossen, hier den Tag zu erwarten. Aber auch diesmal wurde er in seiner Hoffnung getäuscht, und obwohl er mit gespitzten Ohren horchte, vernahm er doch mitten unter den Flüchen, den Späßen und den Grobheiten, die die Arbeiter, Lakaien und Fuhrleute, in deren ehrenwerte Gesellschaft er geraten war, einander zuwarfen, durchaus nichts, was ihn auf die Spur der entführten Frau bringen konnte. Nachdem er also, um kein Aufsehen zu erregen, seine Flasche in aller Muße geleert hatte, mußte er in seinem Winkel eine möglichst bequeme Lage suchen und wohl oder übel schlafen. D'Artagnan war, wie man sich erinnern wird, erst zwanzig, und in diesem Alter hat der Schlaf unverjährbare Rechte, die er gebieterisch auch von dem verzweiflungsvollsten Gemüt fordert.

Gegen sechs Uhr morgens erwachte d'Artagnan mit jener Unbehaglichkeit, die gewöhnlich bei Tagesanbruch nach einer schlechten Nacht eintritt. Seine Toilette machte ihm nicht lange zu schaffen. Er betastete sich, um sich zu überzeugen, daß man seinen Schlaf nicht zu seiner Beraubung genutzt hatte, und als er seinen Diamanten am Finger, seine Börse in der Tasche und seine Pistolen im Gürtel fand, stand er auf, bezahlte seine Flasche und ging hinaus, um nachzusehen, ob ihn das Glück bei Aufsuchen seines Lakaien am Morgen nicht mehr begünstigen würde als in der Nacht. Das erste, was er durch den dicken, graufeuchten Nebel erblickte, war wirklich der ehrliche Planchet, der ihn, die zwei Pferde an der Hand, vor der Tür einer kleinen Winkelschenke erwartete, an der d'Artagnan vorübergegangen war, ohne nur ihr Dasein zu ahnen.

10. Kapitel

Mylady

D'Artagnan war Mylady gefolgt, ohne daß er von ihr bemerkt wurde. Er sah sie in den Wagen steigen und hörte sie dem Kutscher Befehl geben, nach Saint-Germain zu fahren.

Es wäre fruchtlos gewesen, einem von zwei kräftigen Pferden gezogenen Wagen zu Fuß zu folgen. D'Artagnan kehrte daher in die Rue Férou zurück.

In der Rue de Seine traf er Planchet, der vor einer Pastetenbude stand und über ein Backwerk von äußerst appetitlichem Aussehen entzückt zu sein schien. Er gab ihm Befehl, zwei Pferde in den Ställen des Herrn von Treville, eins für ihn selbst, eins für Planchet, zu satteln und ihn bei Athos damit abzuholen. Herr von Treville hatte d'Artagnan ein für allemal seine Ställe zur Verfügung gestellt.

Planchet schlug den Weg zur Rue du Colombier und d'Artagnan den zur Rue Férou ein. Athos war zu Hause und leerte traurig eine Flasche von dem berühmten spanischen Wein, die er von seiner Reise mitgebracht hatte. Er winkte Grimaud, ein Glas für d'Artagnan herbeizuschaffen, und dieser gehorchte, wie gewöhnlich, stillschweigend.

D'Artagnan erzählte nun seinem Freund Athos alles, was zwischen Porthos und der Prokuratorsfrau vorgefallen war und wie ihr Kamerad zu dieser Stunde bereits auf dem Weg sein dürfte, sich zu equipieren.

„Was mich betrifft", antwortete Athos auf diese ganze Erzählung, „ich bin völlig ruhig darüber. Die Frauen werden sicherlich meine Ausrüstung nicht bezahlen."

„Und dennoch, für einen so großen Herrn, wie Ihr seid, mein lieber Athos, gäbe es weder Prinzessinnen noch Königinnen, die vor Euren Liebespfeilen sicher wären."

„Wie kindlich doch dieser d'Artagnan ist", sagte Athos achselzuckend und machte Grimaud ein Zeichen, eine zweite Flasche Wein zu bringen.

In diesem Augenblick streckte Planchet bescheiden den Kopf durch die halbgeöffnete Tür und meldete, daß die beiden Pferde vor dem Haus stünden.

„Welche Pferde?" fragte Athos.

„Zwei Pferde, die mir Herr von Treville zum Spazierenreiten leiht und mit denen ich einen Ritt nach Saint-Germain machen will."

„Und was wollt ihr in Saint-Germain tun?"

Hierauf erzählte ihm d'Artagnan, wie er in der Kirche der Dame begegnet war, die wie auch der Herr im schwarzen Mantel und mit der Narbe an der Schläfe beständig seine Gedanken beschäftigte.

„Das heißt, Ihr seid verliebt in sie, wie Ihr es in Madame Bonacieux wart", sprach Athos, als fühlte er Mitleid mit der menschlichen Schwäche.

„Ich? Keineswegs", rief d'Artagnan, „ich bin nur begierig, das Geheimnis aufzuklären, in das sie verwickelt ist. Ich kann keinen Grund angeben, aber ich bilde mir ein, diese Frau müsse, obwohl ich ihr ebenso unbekannt bin als sie mir, einen Einfluß auf mein Leben ausüben."

„Ihr habt im ganzen recht", sprach Athos, „ich kenne keine Frau, bei der es sich der Mühe lohnen würde, sie aufzusuchen, wenn sie einmal verloren ist. Madame Bonacieux ist verloren, desto schlimmer für sie."

„Nein, Athos, nein, Ihr täuscht Euch", sprach d'Artagnan, „ich liebe meine arme Constance mehr denn je, und wenn ich den Ort wüßte, wo sie sich befindet, so würde ich, und wäre sie am Ende der Welt, hineilen, sie den Händen ihrer Feinde zu entreißen. Aber ich kenne diesen Ort nicht.

Alle meine Nachforschungen waren fruchtlos. Ihr seht wohl ein, man muß sich zerstreuen."

„Zerstreut Euch mit Mylady, mein lieber d'Artagnan, ich wünsche es Euch von ganzem Herzen, wenn es Euch unterhalten kann."

„Hört, Athos", erwiderte d'Artagnan, „statt Euch hier eingeschlossen zu halten, als wärt Ihr unter Arrest, steigt zu Pferd und reitet mit mir nach Saint-Germain."

„Mein Lieber", sagte Athos, „ich reite meine Pferde, wenn ich welche habe; habe ich keine, so gehe ich zu Fuß."

„Wohl!" sprach d'Artagnan, über Athos' Unfreundlichkeit lächelnd, die ihn bei einem anderen sicherlich verletzt haben würde, „ich bin weniger stolz als Ihr, ich reite das, was ich finde. Also auf Wiedersehen, mein lieber Athos!"

„Auf Wiedersehen", sagte der Musketier und machte Grimaud ein Zeichen, die Flasche zu entkorken, die er gebracht hatte.

D'Artagnan und Planchet schwangen sich in die Sättel und schlugen die Straße nach Saint-Germain ein.

Auf dem ganzen Weg ging d'Artagnan das, was Athos ihm von Madame Bonacieux gesagt hatte, im Kopf herum. Obwohl er nicht sehr sentimental war, so hatte doch die hübsche Krämerin einen echten Eindruck auf sein Herz bewirkt. Er war, wie er sagte, bereit, bis an das Ende der Welt zu gehen, um sie zu suchen. Aber die Welt hat, da sie rund ist, viele Enden, und er wußte nicht, auf welcher Seite er beginnen sollte.

Mittlerweile suchte er zu erfahren, wer Mylady war. Mylady hatte mit dem Schwarzmantel gesprochen und kannte ihn also. Nach d'Artagnans Meinung aber hatte sicher der Schwarzmantel und kein anderer Frau Bonacieux auch jetzt wieder entführt. D'Artagnan log also nur halb und also sehr wenig, wenn er sagte, indem er Mylady aufsuche, suche er gleichzeitig Constance.

Unter solchen Betrachtungen legte d'Artagnan den Weg

zurück und erreichte Saint-Germain. Er kam an dem Pavillon vorüber, in dem zehn Jahre später Ludwig XIV. geboren werden sollte, und schaute, durch eine ziemlich öde Straße reitend, rechts und links, ob er nicht irgendeine Spur von seiner schönen Engländerin finden könnte, als er im Erdgeschoß eines hübschen Hauses, das nach dem Gebrauch jener Zeit kein Fenster zur Straße zu hatte, ein bekanntes Gesicht erblickte. Dieses Gesicht ging auf einer Art von Terrasse spazieren, die mit Blumen geschmückt war. Planchet erkannte es zuerst.

„Ei, gnädiger Herr", sagte er, sich an d'Artagnan wendend, „erinnert Ihr Euch des Gesichts nicht mehr, das dort Maulaffen feilhält?"

„Nein", antwortete d'Artagnan, „und doch weiß ich sicher, daß ich diesen Menschen nicht zum erstenmal sehe."

„Bei Gott, ich glaube wohl", versetzte Planchet, „das ist Lubin, der Lakai des Grafen von Wardes, den Ihr vor einem Monat in Calais so übel zugerichtet habt."

„Ach ja, so ist's", sprach d'Artagnan, „ich erkenne ihn nun wieder. Glaubst du, daß er dich auch erkennt?"

„Meiner Treu, gnädiger Herr, er war so voll Angst, daß ich nicht denken kann, ich werde ihm im Gedächtnis geblieben sein."

„Nun, so geh und rede mit dem Burschen, erkundige dich, ob sein Herr noch lebt."

Planchet stieg ab, ging auf Lubin zu, der ihn wirklich nicht erkannte, und die zwei Bediensteten fingen an, in schönster Eintracht miteinander zu plaudern, während d'Artagnan die zwei Pferde in ein Gäßchen trieb, rund um ein Haus ritt und zurückkehrte, um hinter einem Haselstrauch das Gespräch anzuhören.

Kaum hatte er sich einen Augenblick seinen Beobachtungen hingegeben, als er Wagengerassel hörte und die Karosse von Mylady ihm gegenüber anhielt. Er konnte sich nicht täuschen, Mylady saß darin. D'Artagnan legte sich auf den Hals seines Pferdes, um alles zu sehen, ohne gesehen zu werden.

Mylady schaute mit ihrem reizenden Blondschopf aus dem Kutschenschlag heraus und gab ihrer Zofe Befehle.

Ein hübsches, lebhaftes, flinkes Mädchen, die richtige Kammerjungfer einer vornehmen Dame, sprang von dem Fußtritt herab, auf dem sie nach der Sitte jener Zeit saß, und wandte sich zur Terrasse, wo d'Artagnan Lubin bemerkt hatte.

D'Artagnan folgte der Zofe mit den Augen und sah sie zur Terrasse gehen. Zufälligerweise aber hatte ein Befehl aus dem Innern des Hauses Lubin hereingerufen, und Planchet, der nach allen Seiten schaute, um zu erforschen, in welcher Richtung sein Herr verschwunden sein konnte, war allein geblieben.

Die Kammerfrau näherte sich Planchet, den sie für Lubin hielt, gab ihm ein Billett und sagte:

„Für Euren Herrn."

„Für meinen Herrn?" fragte Planchet sehr erstaunt.

„Ja – und es hat große Eile – nehmt also geschwind." Hierauf ging sie zu dem Wagen zurück, und die Karosse entfernte sich.

Planchet wandte das Billett um und um, lief dann, an den passiven Gehorsam gewöhnt, von der Terrasse herab, eilte in das Gäßchen und traf nach zwanzig Schritt seinen Herrn, der alles gesehen hatte und ihm entgegenkam.

„Für Euch, gnädiger Herr", sprach Planchet.

„Für mich?" entgegnete d'Artagnan, „bist du dessen ganz gewiß?"

„Bei Gott! Ganz gewiß, die Kammerjungfer sagte: ‚Für deinen Herrn.' Ich habe keinen anderen Herrn außer Euch, also ... Ein hübscher Bissen von Mädchen, diese Zofe, meiner Treu."

D'Artagnan öffnete den Brief und las folgende Worte:

131

„Eine Person, die sich mehr für Euch interessiert, als sie sagen kann, wünscht zu wissen, an welchem Tag Ihr im Walde promenieren könnt. Morgen erwartet ein schwarz und rot gekleideter Lakai im Hotel ‚Zum Goldenen Feld' Eure Antwort."

„Oho!" sagte d'Artagnan zu sich selbst, „das ist ein wenig lebhaft. Es scheint, Mylady und ich leiden am gleichen Übel. Nun, Planchet, laß hören, wie geht es Herrn von Wardes? Er ist also nicht tot?"

„Nein, gnädiger Herr, es geht ihm so gut, als es ihm mit vier Degenstichen im Leib gehen kann; denn Ihr habt diesem Edelmann vier ganz tadellose beigebracht, und er ist noch sehr schwach, da er beinahe all sein Blut verloren hat. Lubin erkannte mich nicht, wie ich dem gnädigen Herrn im voraus sagte, und er erzählte mir das ganze Abenteuer von Anfang bis zu Ende."

„Sehr gut, Planchet, du bist der König der Lakaien. Jetzt steig aufs Pferd! Wir wollen der Karosse nachreiten."

Das dauerte nicht lange. Nach fünf Minuten erblickte man die Karosse, die an der Biegung der Straße hielt. Ein reichgekleideter Kavalier befand sich am Kutschenschlag.

Das Zwiegespräch zwischen Mylady und dem Kavalier war so lebhaft, daß d'Artagnan auf der anderen Seite des Wagens stillhielt, ohne daß jemand, außer der hübschen Zofe, seine Gegenwart bemerkte.

Die Unterredung fand in englischer Sprache statt, von der d'Artagnan nichts verstand, aber am Ausdruck glaubte der junge Mann zu erkennen, daß die schöne Engländerin sehr zornig war. Sie schloß mit einer Gebärde, die ihm keinen Zweifel über die Natur der Unterhaltung ließ, das heißt mit einem Fächerschlag, der mit solcher Gewalt geführt wurde, daß das kleine weibliche Gerät in tausend Stücke flog.

Der Kavalier brach in Gelächter aus, das Mylady in Verzweiflung zu bringen schien.

D'Artagnan meinte, dies sei der geeignete Augenblick, um dazwischenzutreten. Er näherte sich dem Kutschenschlag, entblößte ehrfurchtsvoll sein Haupt und sprach:

„Madame, erlaubt mir, Euch meine Dienste anzubieten. Es scheint mir, dieser Kavalier hat Euch in Zorn gebracht. Sprecht ein Wort, und ich übernehme es, ihn für seinen Mangel an Höflichkeit zu bestrafen."

„Mein Herr", antwortete sie in gutem Französisch, „mit freudigem Herzen würde ich mich unter Euren Schutz stellen, wenn die Person, die mit mir streitet, nicht mein Bruder wäre."

„Oh, dann verzeiht mir", sagte d'Artagnan; „Ihr begreift, daß ich das nicht wußte, Madame."

„Was hat sich denn dieser Narr in unsere Angelegenheit zu mischen", rief, sich zu dem Kutschenschlag herabbeugend, der Kavalier, den Mylady als ihren Verwandten bezeichnet hatte. „Und warum zieht er nicht seines Wegs?"

„Selbst Narr", erwiderte d'Artagnan, sich ebenfalls auf den Hals seines Pferdes hinabbeugend und durch den Kutschenschlag redend, „ich ziehe nicht meines Weges, weil es mir hier zu bleiben beliebt."

Der Kavalier richtete einige englische Worte an seine Schwester.

„Ich spreche französisch mit Euch", rief d'Artagnan; „ich bitte Euch also, macht mir das Vergnügen und antwortet mir in derselben Sprache. Ihr seid der Bruder dieser Dame, gut! Aber Ihr seid glücklicherweise nicht der meinige."

Man hätte glauben sollen, Mylady würde mit weiblicher Ängstlichkeit gleich beim Anfang der Herausforderung zu vermitteln suchen, damit der Streit nicht zu weit ginge, aber sie warf sich im Gegenteil in ihren Wagen zurück und rief dem Kutscher kalt zu:

„Fahr nach Hause!"

Die hübsche Zofe warf einen unruhigen Blick auf d'Artagnan, dessen Aussehen einen günstigen Eindruck auf sie gemacht zu haben schien.

Die Karosse fuhr weiter und ließ die zwei Männer einander gegenüber. Kein Hindernis trennte sie mehr.

Der Reiter machte eine Bewegung, um dem Wagen zu folgen, aber d'Artagnan, dessen bereits gärender Zorn noch dadurch gesteigert wurde, daß er in ihm den Engländer erkannte, der in Amiens ihm sein Pferd und Athos beinahe seinen Diamanten abgenommen hatte, fiel ihm in den Zügel und hielt ihn zurück.

„Mein Herr", sagte er, „Ihr scheint mir noch mehr Narr zu sein als ich, denn es kommt mir vor, als wolltet Ihr vergessen, daß sich ein kleiner Streit zwischen uns entsponnen hat." – „Ah! ah!" entgegnete der Engländer, „Ihr seid es, mein Teurer? Ihr müßt also immer irgendein Spiel spielen?" – „Ja, und das erinnert mich daran, daß ich Revanche zu nehmen habe. Wir werden sehen, mein lieber Herr, ob Ihr den Degen ebensogut handhabt wie den Würfelbecher." – „Ihr müßt sehen, daß ich keinen Degen bei mir habe", sprach der Engländer; „wollt Ihr gegen einen Unbewaffneten den Tapferen spielen?" – „Ich hoffe, Ihr werdet zu Hause einen besitzen. Jedenfalls habe ich zwei, und wenn Ihr wollt, so spiele ich um einen mit Euch." – „Unnötig", sprach der Engländer, „ich bin hinreichend mit solchem Werkzeug versehen." – „Gut, mein würdiger Herr", entgegnete d'Artagnan, „wählt Euren längsten Degen und zeigt ihn mir heute abend." – „Wo, wenn ich bitten darf?" – „Hinter dem Luxembourg, das ist ein allerliebstes Plätzchen für Spaziergänge, wie ich sie Euch vorschlage." – „Schön, man wird sich einfinden. – „Wann?" – „Um sechs Uhr." – „Ihr habt wohl auch ein paar Freunde?" – „Ich habe drei, die sich eine Ehre daraus machen werden, dasselbe Spiel zu spielen wie ich." – „Drei? Vortrefflich, wie sich das trifft!" rief d'Artagnan, „das ist gerade meine Zahl." – „Und nun, wer seid Ihr?" fragte der Engländer. – „Ich bin Herr d'Artagnan, gascognischer Edelmann, diene bei der Leibwache, Kompanie des Herrn des Essarts. Und Ihr?" – „Ich bin Lord Winter, Baron Sheffield." – „Gut! Ich bin Euer Diener, Baron", sprach d'Artagnan, „obwohl Eure Namen sehr schwer zu behalten sind."

Und er spornte sein Roß und galoppierte Paris zu.

Wie gewöhnlich bei solchen Gelegenheiten stieg er unmittelbar bei Athos ab. Er fand ihn auf einem großen Kanapee liegend, wo er, wie er sagte, wartete, bis seine Equipierung ihn aufsuchen würde.

D'Artagnan erzählte Athos, außer dem Brief an Wardes, alles, was vorgefallen war.

Athos war entzückt, als er erfuhr, daß er sich mit einem Engländer schlagen sollte. Wir haben erzählt, daß dies sein Lieblingsgedanke war.

Man ließ sogleich Porthos und Aramis durch die Lakaien aufsuchen und von der Lage der Dinge in Kenntnis setzen.

Porthos zog seinen Degen aus der Scheide, focht gegen die Wand, ging von Zeit zu Zeit rückwärts und machte Verbeugungen wie ein Tänzer. Aramis, der immer noch an seinem Gedicht arbeitete, schloß sich im Kabinett von Athos ein und bat, ihn nicht eher zu stören, als bis es Zeit wäre, vom Leder zu ziehen.

Athos forderte von Grimaud durch ein Zeichen eine neue Flasche Wein.

D'Artagnan entwarf in aller Stille einen kleinen Plan, dessen Ausführung wir später sehen werden und der ihm ein anmutiges Abenteuer verhieß, wie man an dem Lächeln sehen konnte, das von Zeit zu Zeit über sein Gesicht flog.

11. Kapitel

Von Engländern und Franzosen

Zur bestimmten Stunde gingen unsere Freunde mit den vier Lakaien hinter dem Luxembourg in ein Gehege, das den Ziegen überlassen war. Athos gab dem Hirten ein Geldstück, damit er sich entferne. Die Lakaien hielten Wache.

Bald näherte sich ein stillschweigender Trupp dem Gehege, trat ein und stieß zu den Musketieren. Dann fanden nach den englischen Gebräuchen die Vorstellungen statt.

Die Engländer waren insgesamt Leute von hohem Stand. Die bizarren Namen der drei Freunde wurden deshalb für sie ein Gegenstand nicht nur des Erstaunens, sondern auch der Unruhe.

„Bei alledem", sprach Lord Winter, als die Freunde genannt waren, „bei alledem wissen wir nicht, wer ihr seid, und wir schlagen uns mit solchen Namen nicht. Das sind ja wahre Schäfernamen." – „Es sind auch, wie Ihr voraussetzt, Mylord, nur falsche Namen." – „Um so mehr müssen wir darauf bestehen, die wahren Namen zu erfahren", antwortete der Engländer. – „Ihr habt doch auch gegen uns gespielt, ohne uns zu kennen", sagte Athos, „und uns dabei unsere zwei Pferde abgewonnen." – „Das ist wahr, aber wir wagten nur unsere Pistolen. Diesmal setzen wir unser Blut ein. Man spielt mit der ganzen Welt, aber man schlägt sich nur mit seinesgleichen." – „Das ist richtig", sprach Athos.

Und er nahm denjenigen von den vier Engländern, mit welchem er sich schlagen sollte, beiseite und nannte ihm ganz leise seinen Namen. Porthos und Aramis taten ihrerseits dasselbe.

„Genügt das", sprach Athos zu seinem Gegner, „und findet Ihr meine Abkunft vornehm genug, um den Degen mit mir zu kreuzen?" – „Ja, mein Herr", antwortete der Engländer, sich verbeugend. – „Gut! Soll ich Euch nun etwas sagen?" versetzte Athos kalt. – „Was?" fragte der Engländer. – „Ihr hättet viel besser daran getan, nicht von mir zu fordern, daß ich meinen Namen nenne." – „Warum dies?" – „Weil man mich für tot hält und ich aus Gründen wünschen muß, daß man von meinem Dasein nichts erfahre, weshalb ich genötigt sein werde, Euch zu töten, damit mein Geheimnis nicht in der Welt herumgetragen wird."

Der Engländer schaute Athos an und glaubte, dieser scherze. Athos scherzte durchaus nicht.

„Meine Herren", sagte Athos, sich an seine Gefährten und an seine Gegner wendend, „sind wir fertig?" – „Ja", antworteten einstimmig Engländer und Franzosen. „Dann legt aus!" sprach Athos.

Und bald glänzten acht Degen in den Strahlen der untergehenden Sonne, und rasch begann der Kampf mit einer Erbitterung, die bei dem gegenseitigen Nationalhaß ganz natürlich war.

Athos focht mit ebensoviel Ruhe und Methode, als wenn er in einem Fechtsaal stünde.

Porthos, dem sein Abenteuer in Chantilly ohne Zweifel etwas von seinem allzu großen Selbstvertrauen genommen hatte, spielte den Feinen und Klugen.

Aramis, der den dritten Vers seines Gedichts vollenden wollte, arbeitete wie ein Mann, der große Eile hat.

Athos tötete zuerst seinen Gegner. Er hatte ihm nur einen Stoß beigebracht, aber dieser war, wie vorhergesehen, tödlich gewesen. Der Degen drang durch das Herz.

Porthos streckte hierauf den seinen zu Boden. Er hatte ihm den Schenkel durchstochen. Da ihm der Engländer seinen Degen übergab, so nahm er ihn in seine Arme und trug ihn in seinen Wagen.

Aramis bedrängte seinen Gegner so kräftig, daß er ihn, nachdem er ihn beinahe fünfzig Schritt weiter über den Platz getrieben hatte, kampfunfähig machte.

D'Artagnan trieb ganz einfach ein Verteidigungsspiel. Als er seinen Gegner sehr ermüdet sah, schlug er ihm mit einem sehr heftigen Quartstoß den Degen aus der Faust. Sobald der Baron sich entwaffnet sah, machte er ein paar Schritte rückwärts, aber bei dieser Bewegung glitt sein Fuß aus, und er fiel auf die Erde.

D'Artagnan war mit einem Sprung auf ihm und setzte ihm den Degen an die Kehle.

„Ich könnte Euch töten, mein Herr", sagte er zu dem Engländer, „und Ihr seid in meinen Händen, aber ich schenke Euch Eurer Schwester zuliebe das Leben."

D'Artagnan war erfreut: Jetzt war der Plan verwirklicht, den er im voraus gefaßt und dessen Entwicklung das von uns besprochene Lächeln auf sein Gesicht gerufen hatte.

Entzückt darüber, daß er es mit einem so billig denkenden Edelmann zu tun hatte, schloß der Engländer d'Artagnan in seine Arme, sagte den drei Musketieren tausend Schmeicheleien, und da der Gegner von Porthos bereits in seinen Wagen gebracht war und der von Aramis sich aus dem Staub gemacht hatte, so dachte man nur noch an den Toten.

Als Porthos und Aramis in der Hoffnung, seine Wunde würde nicht tödlich sein, ihn entkleideten, fiel eine schwere Börse aus seinem Gürtel. D'Artagnan hob sie auf und reichte sie Lord Winter.

„Ei, der Teufel! Was soll ich denn damit machen?" sagte der Engländer. – „Gebt diese Börse seiner Familie zurück", erwiderte d'Artagnan. – „Seine Familie kümmert sich nicht viel um eine solche Lappalie! Sie erbt eine Rente von fünfzehntausend Louisdor. Behaltet die Börse für Eure Lakaien!"

D'Artagnan steckte die Börse in seine Tasche.

„Und jetzt, mein junger Freund, denn Ihr erlaubt mir hoffentlich, Euch diesen Namen zu geben", sagte Lord Winter, „werde ich Euch noch heute abend, wenn es Euch recht ist, meiner Schwester, Lady Clarik, vorstellen, denn ich wünsche, daß sie auch ihrerseits Euch ihr Wohlwollen schenken möge, und da sie bei Hof nicht ganz schlecht steht, dürfte später ein Wort von ihr für Euch nicht ohne Nutzen sein."

D'Artagnan errötete vor Vergnügen und verbeugte sich zum Zeichen der Zustimmung.

Während dieser Zeit hatte sich Athos seinem Freund d'Artagnan genähert.

„Was denkt Ihr mit dieser Börse zu tun?" sagte er ihm ganz leise ins Ohr.

„Aber ich dachte, sie Euch zuzustellen, mein lieber Athos."

„Mir? Weshalb das?"

„Zum Henker, Ihr habt ihn getötet. Es ist die dem Sieger gebührende Rüstung des Gegners."

„Ich sollte einen Feind beerben!" sagte Athos, „für wen haltet Ihr mich?"

„Es ist Kriegsbrauch", sagte d'Artagnan, „weshalb sollte es nicht Duellbrauch sein?"

„Selbst auf dem Schlachtfeld habe ich das niemals getan", sagte Athos.

Porthos zuckte die Achsel, Aramis stimmte mit einer Bewegung der Lippen Athos bei.

„So geben wir das Geld den Lakaien", sagte d'Artagnan, „wie Lord Winter gemeint hat."

„Ja", sagte Athos, „geben wir diese Börse nicht unseren Lakaien, sondern den englischen."

Athos nahm die Börse, warf sie dem Kutscher in die Hand und rief: „Für Euch und Eure Kameraden."

Diese Großartigkeit der Manieren bei einem gänzlich entblößten Menschen setzte sogar Porthos in Erstaunen, und diese französische Freigebigkeit machte, von Lord Winter und seinem Freunde wiedererzählt, überall, nur nicht bei den Herren Grimaud, Mousqueton, Planchet und Bazin, den günstigsten Eindruck.

Lord Winter gab d'Artagnan, ehe er ihn verließ, die Adresse seiner Schwester. Sie wohnte an der Place Royale, was damals das vornehmste Quartier war, Nr. 6. Zusätzlich schlug er vor, ihn abzuholen. D'Artagnan gab ihm um acht Uhr bei seinem Freund Athos Rendezvous.

Diese Vorstellung bei Mylady nahm den Kopf unseres Gascogners gewaltig in Anspruch. Er erinnerte sich, auf welch seltsame Weise diese Frau bis jetzt in sein Geschick verwickelt gewesen war. Nach seiner Überzeugung war sie ein Geschöpf des Kardinals, und dennoch sah er sich unwiderstehlich durch eines jener Gefühle, über das man sich keine Rechenschaft gibt, zu ihr hingezogen. Er fürchtete nur, Mylady möchte in ihm den Mann von Meung und Dover wiedererkennen. Dann würde sie wissen, daß er zu den Freunden des Herrn von Treville und folglich mit Leib und Seele dem König gehörte, wodurch er sogleich einen Teil seiner Vorteile verlieren mußte, da er, von Mylady gekannt, wie er sie kannte, mit ihr gleichzog. Was den Anfang jener Intrige zwischen ihr und dem Grafen von Wardes betraf, so kümmerte sich unser junger Mann nur sehr wenig darum, obwohl der Marquis jung, hübsch, reich war und bei dem Kardinal sehr in Gunst stand. Man ist nicht umsonst zwanzig Jahre alt, besonders wenn man in Tarbes geboren ist.

D'Artagnan fing damit an, daß er in seinem Zimmer glänzend Toilette machte. Dann kehrte er zu Athos zurück und erzählte diesem seiner Gewohnheit gemäß alles. Athos hörte ruhig seine Pläne an, schüttelte dann den Kopf und empfahl ihm mit einer gewissen Bitterkeit große Vorsicht.

„Wie?" sprach er, „Ihr habt vor kurzem erst eine Frau

verloren, die Ihr gut, schön, vollkommen nanntet, und Ihr lauft bereits einer anderen nach?"

D'Artagnan fühlte die Wahrheit dieses Vorwurfs.

„Ich liebe Madame Bonacieux mit dem Herzen, während ich Mylady mit dem Kopf liebe", sagte er, „und indem ich mich bei ihr einführen lasse, suche ich mir Licht über die Rolle zu verschaffen, die sie am Hof spielt." – „Welche Rolle sie spielt, bei Gott, das ist nach allem, was Ihr mir erzählt habt, nicht schwer zu erraten. Sie ist eine Vertraute des Kardinals, eine Frau, die Euch in eine Falle locken wird, in der Ihr ganz einfach Euren Kopf lassen müßt." – „Teufel! Athos, es scheint mir, Ihr seht die Dinge sehr schwarz." – „Mein Lieber, ich mißtraue den Frauen. Was wollt Ihr? Ich habe meinen Lohn schon bekommen. Ganz besonders mag ich nichts von Blonden wissen. Mylady ist blond, sagtet Ihr?" – „Sie hat Haare vom schönsten Blond, das man sehen kann." – „Ah, mein armer d'Artagnan!" rief Athos. – „Ich will mir Licht verschaffen, und wenn ich weiß, was ich wissen will, werde ich mich zurückziehen." – „Verschafft Euch Licht", sagte Athos phlegmatisch.

Lord Winter erschien zur bestimmten Stunde, aber rechtzeitig benachrichtigt, ging Athos in das zweite Zimmer. Er fand also d'Artagnan allein, und da es beinahe acht Uhr war, so nahm er den jungen Mann gleich mit sich fort.

Eine elegante Karosse wartete vor der Haustür. Sie war mit zwei Pferden bespannt, und man hatte in Kürze die Place Royale erreicht.

Mylady Winter empfing d'Artagnan zuvorkommend.

Ihr Hotel war mit verschwenderischer Pracht ausgestattet, und sie hatte, obwohl die meisten Engländer, durch den Krieg vertrieben, Frankreich verließen oder es zu verlassen im Begriff waren, neue Ausgaben dafür gemacht, woraus hervorging, daß der allgemeine Erlaß, wodurch die Engländer ausgewiesen wurden, sie nicht traf.

„Ihr seht hier", sprach Lord Winter, „Ihr seht hier einen jungen Edelmann, der mein Leben in Händen hatte und der seinen Vorteil nicht mißbrauchen wollte, obwohl wir doppelt Feinde waren, einmal weil ich ihn beleidigt hatte, und dann weil ich ein Engländer bin. Dankt ihm also, wenn Ihr einige Freundschaft für mich fühlt."

Mylady zog die Augenbrauen etwas zusammen, eine kaum bemerkbare Wolke zog über ihre Stirn, und ein so seltsames Lächeln erschien auf ihren Lippen, daß der junge Mann, der diese dreifache Abstufung bemerkte, von einem leichten Schauder erfaßt wurde.

Der Bruder sah nichts, er hatte sich umgedreht, um mit dem Lieblingsaffen von Mylady zu spielen, der ihn am Wams zupfte.

„Willkommen, mein Herr", sprach Mylady mit einer Stimme, deren Weichheit in seltsamem Widerspruch mit den Symptomen schlechter Laune stand, die d'Artagnan bemerkt hatte, „denn Ihr habt Euch heute ein ewiges Recht auf meine Dankbarkeit erworben."

Der Engländer drehte sich jetzt wieder um und erzählte den Kampf, ohne auch nur das Geringste zu übergehen. Mylady hörte ihm mit gespannter Aufmerksamkeit zu. Aber wie sehr sie sich auch anstrengte, um ihre Eindrücke zu verbergen, so sah man doch leicht, daß ihr das Gespräch durchaus nicht angenehm war. Das Blut stieg ihr in den Kopf, und ihr kleiner Fuß bewegte sich unruhig unter dem Kleid.

Lord Winter bemerkte nichts; als er geendet hatte, ging er zu einem Tisch, auf den man ein silbernes Brett mit einer Flasche spanischen Wein gestellt hatte. Er füllte zwei Gläser und lud d'Artagnan ein, zu trinken.

D'Artagnan wußte, daß es eine große Unhöflichkeit gegenüber einem Engländer gewesen wäre, einen Toast nicht zu erwidern. Er trat an den Tisch und ergriff das zweite Glas, verlor jedoch Mylady nicht aus dem Gesicht und sah im Spiegel die Veränderung, die in ihren Zügen vorging. Jetzt, da sie sich nicht mehr beobachtet fühlte, belebte ein Gefühl, das der Wildheit glich, ihr Gesicht. Sie biß mit ihren schönen Zähnen in das Taschentuch.

Die hübsche Zofe, welche d'Artagnan bereits gesehen hatte, trat ein. Sie sagte einige Worte auf englisch zu Lord Winter, der augenblicklich, unter Vorschützung dringender Geschäfte, d'Artagnan um Erlaubnis bat, sich entfernen zu dürfen und seine Schwester ersuchte, Verzeihung für ihn zu erlangen.

D'Artagnan tauschte einen Händedruck mit Lord Winter und kam zu Mylady zurück. Das Gesicht dieser Frau hatte mit überraschender Beweglichkeit wieder seinen anmutigen Ausdruck angenommen. Nur deuteten einige rote Fleckchen auf ihrem Taschentuch an, daß sie sich die Lippen blutig gebissen hatte.

Ihre Lippen waren herrlich, wie aus Korallen geformt.

Das Gespräch nahm eine heitere Wendung. Mylady schien ganz ihre Stimmung zurückgewonnen zu haben. Sie erzählte, daß Lord Winter nur ihr Schwager und nicht ihr Bruder sei. Sie selbst habe einen jüngeren Sohn geheiratet, der sie als Witwe mit einem Kind hinterlassen habe. Dieses Kind sei der einzige Erbe von Lord Winter, wenn er nicht heirate. Alles dies zeigte d'Artagnan einen Schleier, der etwas verhüllte. Er vermochte aber noch nichts unter dem Schleier zu unterscheiden.

Nach einer Unterredung von einer halben Stunde hatte d'Artagnan mittlerweile die Überzeugung gewonnen, daß Mylady seine Landsmännin war. Sie sprach französisch mit einer solchen Reinheit und Eleganz, daß kein Zweifel übrigblieb.

D'Artagnan verschwendete galante Redensarten und Ergebenheitsbeteuerungen. Mylady lächelte wohlwollend zu allen Albernheiten, die unserem Gascogner entschlüpften. Endlich war die Stunde zum Aufbruch gekommen.

D'Artagnan verabschiedete sich von Mylady und verließ den Saal als der Glücklichste der Sterblichen.

Auf der Treppe begegnete er der hübschen Zofe, die ihn sanft streifte, bis unter die Augen errötete und ihn mit so weicher Stimme wegen dieser Berührung um Verzeihung bat, daß diese auch augenblicklich bewilligt wurde.

D'Artagnan kam am anderen Tag wieder und wurde noch freundlicher als am Abend zuvor empfangen. Lord Winter war nicht anwesend, und Mylady machte heute allein die Wirtin. Sie schien großes Interesse an ihm zu finden, fragte ihn, wo er wohne, wer seine Freunde seien und ob er nicht zuweilen daran gedacht habe, in den Dienst des Herrn Kardinals zu treten.

D'Artagnan war, wie man weiß, sehr klug für einen jungen Mann von zwanzig Jahren und erinnerte sich alsbald seines Verdachts in bezug auf Mylady. Er sprach mit großen Lobeserhebungen von Seiner Eminenz und sagte, er würde nicht verfehlt haben, bei der Leibwache des Kardinals statt bei der des Königs einzutreten, wenn er zum Beispiel Herrn von Cavois statt Herrn von Treville gekannt hätte.

Mylady gab dem Gespräch eine andere Wendung, ohne daß es nur entfernt den Anschein einer Absicht hatte, und fragte d'Artagnan auf die gleichgültigste Weise der Welt, ob er je in England gewesen sei.

D'Artagnan antwortete, er sei von Treville dahin geschickt worden, um wegen einer Remonte von Pferden zu unterhandeln, und habe auch vier Stück als Muster mitgebracht.

Mylady biß sich im Verlauf des Gesprächs wiederholt auf die Lippen; sie hatte es mit einem jungen Mann zu tun, der sich keine Blößen gab.

Am zweiten Tag kam d'Artagnan abermals und am dritten ebenso, und jedesmal wurde ihm ein freundlicherer Empfang von Mylady zuteil.

Jeden Abend begegnete er auch der hübschen Zofe auf der Treppe oder im Hausflur.

Aber d'Artagnan ließ, wie gesagt, die seltsame Beharrlichkeit der armen Ketty unbeachtet.

12. Kapitel

Das Prokuratormahl

Das Duell, bei dem Porthos eine so glänzende Rolle gespielt hatte, ließ ihn aber das Mahl nicht vergessen, wozu er von der Frau Prokuratorin eingeladen worden war. Am anderen Tag gegen ein Uhr ließ er sich von Mousqueton den letzten Bürstenstrich geben und wanderte der Rue aux Ours zu. Sein Herz klopfte, aber nicht wie das von d'Artagnan, von einer jungen und ungeduldigen Liebe. Nein, rein materielles Interesse leitete seine Schritte. Er sollte endlich die geheimnisvolle Schwelle überschreiten, die unbekannte Treppe ersteigen, die die alten Taler des Herrn Coquenard einer nach dem anderen erstiegen hatten. Er sollte wirklich eine gewisse Truhe sehen, deren Bild ihm zwanzigmal in seinen Träumen erschienen war: eine Truhe von langer und tiefer Form, mit Schlössern und Riegeln versehen und mit eisernen Bändern an den Boden befestigt – eine Truhe, von der er so oft sprechen gehört und welche die Hände des Prokurators nun vor seinen bewundernden Blicken öffnen sollten.

Und er, der in der Welt umherirrende Mensch, der Mann ohne Vermögen, ohne Familie, der an Herbergen, Gasthöfe, Schenken und Wirtschaften aller Art gewöhnte Soldat, der Feinschmecker, der meistens nur auf gute Bissen angewiesen war, die ihm durch Zufall in den Weg kamen, sollte sich an den Tisch eines bürgerlichen Haushalts setzen, die Annehmlichkeiten eines so wohlhabenden Heimwesens kennenlernen.

Täglich in der Eigenschaft eines Vetters bei einer guten Tafel erscheinen, die gelbe gefaltete Stirn des alten Prokurators entrunzeln, die jungen Schreiber durch den Unterricht im Bassettespiel, im Landsknecht und im Würfeln in deren größten Finessen rupfen und ihnen in Form eines Honorars für die Lektion, die er ihnen in einer Stunde geben würde, die Ersparnisse eines Monats abnehmen, das alles erschien unserem Porthos sehr verlockend.

Der Musketier erinnerte sich schon an die Gerüchte, die über die Prokuratoren, ihre Knickerei, ihre Fasttage im Umlaufe waren. Da er aber im ganzen die Prokuratorsfrau, abgesehen von einigen ökonomischen Anfällen, die er stets sehr unangemessen fand, ziemlich freigebig gesehen hatte, wohlverstanden für eine Prokuratorsfrau, so hoffte er ein angenehm eingerichtetes Haus zu finden.

An der Tür regten sich jedoch einige Zweifel in dem Musketier. Der Zugang hatte durchaus nichts Einladendes. Er fand einen übelriechenden dunklen Flur, eine nur schlecht beleuchtete Treppe mit einem Fenster, durch dessen eiserne Stangen das graue Licht eines benachbarten Hofes mühsam eindrang. Im ersten Stock kam er vor eine niedere und, wie die Haupttür des großen Chatelet, mit ungeheuren eisernen Nägeln beschlagene Pforte. Porthos klopfte an. Ein großer, bleicher und unter einem Wald von struppigen Haaren verborgener Schreiber öffnete und grüßte mit der Miene eines Mannes, der sich genötigt sieht, an einem anderen den kräftigen hohen Wuchs, eine militärische Uniform und das frische rote Gesicht zu respektieren, das die Gewohnheit, gut zu leben, andeutet.

Ein zweiter, kleinerer Schreiber hinter dem ersten, ein anderer größerer Schreiber hinter dem zweiten, ein Laufbursche von zwölf Jahren hinter dem dritten.

Im ganzen dreieinhalb Schreiber, was für jene Zeit eine Schreibstube von sehr großer Kundschaft ankündigte.

Obwohl der Musketier erst um ein Uhr erscheinen sollte, war doch die Prokuratorin seit der Mittagsstunde auf der Lauer und hoffte stark, daß er vor der bestimmten Zeit erscheinen werde.

Madame Coquenard trat also beinahe in demselben Augenblick aus der Zimmertür, wo ihr Gast durch die Treppentür eintrat, und die Erscheinung der würdigen Dame entzog Porthos einer großen Verlegenheit. Die Schreiber sahen äußerst neugierig aus, und er blieb völlig stumm, da er nicht wußte, was er zu dieser aufsteigenden Tonleiter sagen sollte.

„Das ist mein Vetter!" rief die Prokuratorin. „Tretet doch ein, tretet ein, Herr Porthos!"

Der Name Porthos brachte die gehörige Wirkung auf die Schreiber hervor, die zu lachen anfingen. Porthos aber wandte sich um, und auf alle Gesichter kehrte der Ernst zurück.

Man gelangte in das Kabinett des Prokurators, nachdem man ein Vorzimmer, wo die Schreiber waren, und die Schreibstube, in der sie hätten sein sollen, durchschritten hatte. Die letztere war eine Art von schwarzem Saal mit beschriebenem Papier tapeziert. Aus der Schreibstube heraustretend, ließ man die Küche zur Rechten und gelangte in das Empfangszimmer.

All diese Zimmer, die miteinander in Verbindung standen, erweckten in Porthos durchaus keine guten Vorstellungen. Man mußte die Worte von ferne durch alle diese offenen Türen hören. Er hatte im Vorübergehen einen raschen, forschenden Blick in die Küche geworfen und sich zur Schande der Prokuratorsfrau und zu seinem eigenen Bedauern gestanden, daß er nichts von dem Feuer, von der Belebtheit, von der Bewegung wahrzunehmen vermochte, wie das gewöhnlich dicht vor dem Beginn eines guten Mahls im Heiligtum der Völlerei zu herrschen pflegt.

Der Prokurator war ohne Zweifel im voraus von seinem Besuch in Kenntnis gesetzt worden, denn er gab nicht das geringste Erstaunen bei Porthos' Anblick kund, der sich ihm mit vollkommen ungezwungener Miene näherte und ihn höflich begrüßte.

„Wir sind Vettern, wie es scheint, Herr Porthos?" sagte der Prokurator und stand, sich mit den Armen stützend, von seinem Rohrstuhl auf.

Der Greis war in ein großes schwarzes Wams gehüllt, in dem sich sein schmächtiger Körper verlor, und sah gelb und vertrocknet aus. Seine kleinen grauen Augen glänzten wie Karfunkel und schienen außer seinem Mund, der sich in ständigen Grimassen bewegte, der einzige Teil seines Gesichts zu sein, wo noch Leben wohnte. Leider fingen die Beine an, dieser ganzen Knochenmaschine den Dienst zu verweigern. Seit fünf oder sechs Monaten, wo sich diese Schwäche fühlbar gemacht hatte, war der würdige Prokurator beinahe der Sklave seiner Gattin geworden.

Der Vetter wurde mit Resignation aufgenommen und nichts weiter. Wäre der alte Coquenard noch gut auf den Beinen gewesen, so würde er alle Verwandtschaft mit Porthos abgelehnt haben.

„Ja, wir sind Vettern", sprach Porthos, der nie auf eine begeisterte Aufnahme von seiten des Gatten gerechnet hatte, ohne sich aus der Fassung bringen zu lassen.

„Durch die Frauen, glaube ich", sagte der Prokurator boshaft.

Porthos fühlte diesen Spott nicht und hielt ihn für Naivität, worüber er in seinen dicken Schnurrbart lachte: Madame Coquenard, die wußte, daß ein naiver Prokurator ein äußerst seltenes Exemplar der Gattung ist, lächelte ein wenig und errötete stark.

Herr Coquenard hatte seit Porthos' Ankunft seine Augen unruhig auf einen großen, seinem eigenen Schreibtisch gegenüberstehenden Schrank geworfen. Porthos begriff, daß dieser Schrank, obwohl er seiner Form nach durchaus nicht demjenigen entsprach, welchen er in seinen Träumen gesehen hatte, die gesegnete Truhe sein mußte, und er beglückwünschte sich darüber, daß die Wirklichkeit sechs Fuß mehr Höhe hatte als der Traum.

Coquenard trieb seine genealogischen Forschungen nicht weiter; aber seinen unruhigen Blick vom Schrank wieder Porthos zuwendend, begnügte er sich zu sagen:

„Unser Herr Vetter wird wohl, ehe er ins Feld zieht, uns die Ehre erweisen, mit uns zu Mittag zu essen, nicht wahr, Madame Coquenard?"

Diesmal empfing Porthos den Stich mitten in den Leib und fühlte ihn. Madame Coquenard schien ihrerseits nicht unempfindlicher zu sein, denn sie fügte bei:

„Mein Vetter wird nicht wiederkommen, wenn er findet, daß wir ihn schlecht behandeln. Aber im entgegengesetzten Fall hat er noch wenig Zeit in Paris zuzubringen, und folglich sollten wir ihn um jeden Augenblick bitten, über den er noch zu verfügen vermag."

„Oh, meine Beine, meine armen Beine!" murmelte Herr Coquenard und versuchte zu lächeln.

Diese Hilfe, die Porthos in dem Augenblick zugekommen war, wo man ihn in seinen gastronomischen Hoffnungen schwer getroffen hatte, flößte dem Musketier große Dankbarkeit für seine Prokuratorin ein.

Bald schlug die Mittagsstunde. Man ging in das Speisezimmer, eine große dunkle Stube, der Küche gegenüber.

Die Schreiber, denen, wie es schien, die ungewöhnlichen Gerüche im Haus nicht entgangen waren, beobachteten eine militärische Pünktlichkeit und hielten, zum Niedersetzen bereit, ihre Teller in der Hand. Man sah sie im voraus mit furchtbarem Tätigkeitsdrang die Kinnbacken bewegen. „Bei Gott!" dachte Porthos, indem er einen Blick auf die drei Ausgehungerten warf, denn der Laufbursche wurde, wie man sich denken kann, nicht zu der Ehre des Herrentisches zugelassen, „bei Gott! An der Stelle meines Vetters würde ich solche Fresser nicht behalten. Sie sehen aus wie Schiffbrüchige, die seit sechs Wochen nicht gegessen haben."

Herr Coquenard wurde auf seinem Rollstuhl von Madame Coquenard hereingeschoben, die Porthos, bis er den Tisch erreichte, zuvorkommend im Rollen unterstützte. Kaum war er im Zimmer, als er Nase und Kinnbacken nach dem Beispiel seiner Schreiber in Bewegung setzte.

„Oho!" sagte er, „das ist eine einladende Suppe."

„Was, Teufel, riechen sie denn Außerordentliches in dieser Suppe?" sagte Porthos zu sich selbst beim Anblick einer blassen weißlichen, aber ganz blinden Fleischbrühe, auf der einige einsame Krusten, wie die Inseln eines Archipels, schwammen.

Madame Coquenard lächelte, und auf ein Zeichen von ihr beeilte sich jedermann, Platz zu nehmen.

Herr Coquenard wurde zuerst bedient, dann Porthos, hierauf füllte Madame Coquenard ihren Teller und teilte die Krusten ohne Fleischbrühe unter die Ungeduldigen aus.

In diesem Augenblick öffnete sich die Tür des Speisezimmers knarrend von selbst, und Porthos erblickte durch die halbgeöffneten Flügel den kleinen Schreiber, der, da er nicht an dem Mahl teilnehmen durfte, sein Brot bei dem doppelten Geruch von der Küche und dem Speisezimmer verzehrte.

Nach der Suppe brachte die Magd eine gesottene Henne, ein Prachtstück, bei dessen Anblick sich die Augen der Gäste so sehr weiteten, daß man glaubte, sie müßten platzen.

„Man sieht, Ihr liebt Eure Familie, Madame Coquenard", sprach der Prokurator mit einem beinahe tragischen Lächeln, „das ist offenbar eine Galanterie, die Ihr Eurem Vetter erweist."

Die arme Henne war alt und mit einer von den dicken, rauhen Häuten bekleidet, die die Zähne mit aller Anstrengung nicht zu durchdringen vermögen. Man mußte sie lange gesucht haben, um ihre Stange zu finden, auf die sie sich zurückgezogen hatte, um an Altersschwäche zu sterben.

„Teufel!" dachte Porthos, „das ist doch sehr traurig. Ich ehre das Alter, aber ich mache mir wenig daraus, wenn es gesotten oder gebraten ist."

Und er schaute in der Runde umher, um zu beobachten, ob seine Meinung geteilt würde. Er sah aber im Gegenteil nur flammende Augen, die im voraus diese großartige Henne, den Gegenstand seiner Verachtung, verschlangen.

Madame Coquenard zog die Platte an sich, löste geschickt die zwei großen schwarzen Füße, die sie ihrem Gatten auf den Teller legte, schnitt den Hals ab, den sie mit dem Kopf für sich nahm, trennte einen Flügel für Porthos ab und gab der Magd, die es gebracht hatte, das Tier zurück, so daß es beinahe unversehrt zurückkehrte und verschwunden war, ehe der Musketier Zeit hatte, die Veränderungen zu beobachten, die diese Enttäuschung auf den Gesichtern der Umsitzenden hervorrief.

Nach der Henne machte eine Platte mit Bohnen ihre Aufwartung, in der sich einige Schöpsknochen zu zeigen schienen, von denen man anfangs glauben konnte, sie seien mit Fleisch bekleidet. Aber die Schreiber ließen sich durch diesen Trug nicht betören, und ihre düsteren Mienen wurden ergebungsvolle Gesichter.

Madame Coquenard teilte dieses Gericht mit der Mäßigung einer guten Hauswirtin unter die jungen Leute aus.

Nun kam die Reihe an den Wein. Herr Coquenard schenkte aus einem sehr schmächtigen Weinkrug jedem von den jungen Leuten ein Drittel Glas voll, nahm für sich ungefähr in gleichem Verhältnis, und die Flasche ging gleich zu Porthos und Madame Coquenard über.

Die jungen Leute füllten das Drittel Wein mit Wasser; wenn sie die Hälfte des Glases getrunken hatten, füllten sie es abermals, und so setzten sie dies fort, wodurch sie am Ende des Mahls ein Getränk verschluckten, das von der Farbe des Rubins zu der des Rauchtopases übergegangen war.

Porthos verspeiste schüchtern seinen Flügel. Er trank auch ein halbes Glas von diesem so spärlich zugemessenen Wein und erkannte in ihm einen Montreuil. Coquenard sah ihn den Wein trinken und stieß einen Seufzer aus.

„Eßt Ihr vielleicht von diesen Bohnen, Vetter Porthos?" sprach Madame Coquenard in jenem Ton, der sagen will: „Glaubt mir, eßt nichts davon."

„Der Teufel soll mich holen, wenn ich davon esse", sagte Porthos ganz leise, dann laut: „Ich danke, liebe Base, ich habe keinen Hunger mehr."

Es trat Stillschweigen ein. Porthos wußte nicht, wie er sich benehmen sollte. Der Prokurator wiederholte mehrmals:

„Ah, Madame Coquenard, ich mache Euch mein Kompliment, Euer Mittagstisch ist ein wahres Festmahl. Gott, hab' ich gegessen!"

Coquenard hatte seine Suppe gegessen, dann die schwarzen Beine der Henne und den einzigen Hammelknochen, an dem etwas Fleisch gewesen war.

Porthos glaubte, man wolle ihn zum besten halten, und fing an, seinen Schnurrbart in die Höhe zu streichen und die Stirn zu falten. Aber Madame Coquenards Knie ermahnte ihn ganz leise zur Geduld.

Dieses Stillschweigen und diese Pause in der Bedienung, die für Porthos unverständlich geblieben waren, hatten im Gegenteil für die Schreiber eine schreckliche Bedeutung: Auf einen Blick des Prokurators, der von einem Lächeln Madame Coquenards begleitet war, standen sie langsam vom Tisch auf, legten ihre Servietten noch langsamer zusammen, verbeugten sich und verschwanden zur Arbeit.

„Geht, ihr jungen Leute, geht und verdaut durch Arbeiten", sagte der Prokurator ernsthaft.

Als die Schreiber sich entfernt hatten, erhob sich Madame Coquenard und holte aus einem Speiseschrank ein Stück Käse, ein Glas mit eingemachten Quitten und einen Kuchen, den sie mit Mandeln und Honig selbst gebacken hatte.

Herr Coquenard runzelte die Stirn, weil er zuviel Gerichte erblickte. Porthos biß sich auf die Lippen, weil er sah, daß es nichts Rechtes mehr zum Essen gab.

Er sah sich nach der Bohnenschüssel um, aber die Bohnenschüssel war verschwunden.

„Ganz entschieden ein Festmahl!" rief der Prokurator, ungeduldig sich auf seinem Stuhl hin und her bewegend. „Ein wahres Festmahl! Epulae epularum: Lukullus speist bei Lukullus zu Mittag!"

Porthos schaute die Flasche an, die in seiner Nähe stand, und hoffte, sich an Wein, Brot und Käse gütlich zu tun. Aber der Wein ging bald aus, die Flasche war leer. Herr und Madame Coquenard taten, als ob sie es nicht bemerkten.

„Das ist gut", sprach Porthos zu sich selbst, „ich weiß nun, woran ich bin."

Er leckte ein wenig an einem Löffel voll eingemachter Quitten und verbiß sich die Zähne in dem zähen Teig von Madame Coquenard.

„Nun ist das Opfer gebracht", sprach er. „Oh, wenn ich nicht die Hoffnung hätte, mich mit Madame Coquenard im Schrank ihres Gatten umzusehen!"

Herr Coquenard fühlte nach den Leckereien eines solchen Mahles, das er einen Exzeß nannte, das Bedürfnis, Mittagsruhe zu halten.

Porthos hoffte, dies würde an Ort und Stelle und in demselben Raum vorgehen, aber der Prokurator wollte nichts davon hören. Man mußte ihn in sein Zimmer zurückbringen, und er schrie, solange er nicht vor seinem Schrank war, auf dessen Kante er dann aus Vorsicht seine Füße stellte.

Die Prokuratorin führte Porthos in ein anstoßendes Zimmer, und man begann das Fundament der Versöhnung zu errichten.

„Ihr könnt dreimal in der Woche zu Tisch kommen", sagte Madame Coquenard. – „Ich danke", erwiderte Porthos, „ich mache nicht gern Mißbrauch von solchen Einladungen. Überdies muß ich an meine Equipierung denken." – „Das ist wahr", sprach die Prokuratorin seufzend, „diese unglückliche Equipierung nimmt Euch sehr in Anspruch, nicht wahr?" – „Ach ja", sagte Porthos. – „Aber worin besteht denn die Equipierung Eures Korps, Herr Porthos?" – „Oh, in mancherlei", sprach Porthos, „die Musketiere sind, wie Ihr wißt, Elitesoldaten, und sie brauchen viele Dinge, die die Garden und die Schweizer entbehren können." – „Nennt sie mir einzeln." – „Es beläuft sich etwa auf ...", erwiderte Porthos, der sich lieber über den Gesamtbetrag als über die einzelnen Punkte aussprechen wollte.

Die Prokuratorin wartete zitternd.

„Auf wieviel?" fragte sie; „ich hoffe, es wird nicht mehr als ..." Hier blieb sie stecken, es fehlte ihr das Wort.

„O nein, es beträgt nicht mehr als zweitausendfünfhundert Livres. Ich glaube sogar, daß ich bei einiger Sparsamkeit mit zweitausend auskommen könnte."

„Guter Gott! Zweitausend Livres!" rief sie, „das ist ja ein ganzes Vermögen, und mein Mann wird sich nie herbeilassen, eine solche Summe zu borgen!"

Porthos machte eine sehr deutliche Geste. Madame Coquenard verstand ihren Sinn.

„Ich fragte nach den einzelnen Punkten", sprach sie, „weil ich viele Verwandte und Kunden im Handel habe und deshalb überzeugt sein kann, daß ich die Sache um hundert Prozent unter dem Preis bekomme, den Ihr dafür bezahlen müßt." – „Ah, ah!" rief Porthos, „wenn Ihr damit andeuten wollt ..." – „Ja, mein lieber Porthos. Ihr braucht also vor allem ..." – „Ein Pferd." – „Ja, ein Pferd. Gut! Gerade das kann ich Euch besorgen." – „Ah!" sprach Porthos strahlend, „in bezug auf mein Pferd stehen also die Angelegenheiten gut. Dann brauche ich das vollständige Sattelzeug, das aus Dingen besteht, die nur ein Musketier selbst kaufen kann und die übrigens nicht höher als dreihundert Livres kommen werden."

„Dreihundert Livres! Gut, sagen wir also dreihundert Livres", sprach die Prokuratorin seufzend.

Porthos lächelte. Man erinnert sich, daß er den von Buckingham erhaltenen Sattel besaß, er gedachte diese dreihundert Livres unter der Hand in seine Tasche zu stecken. „Dann", fuhr er fort, „brauche ich noch ein Pferd für meinen Bediensteten und ein Felleisen. Was die Waffen betrifft, so braucht Ihr Euch nicht darum kümmern, diese habe ich bereits." – „Ein Pferd für Euren Bediensteten?" versetzte die Prokuratorin zögernd. „Aber das klingt sehr vornehm." – „Madame!" sprach Porthos stolz, „bin ich etwa ein armer Schlucker?" – „Nein. Ich wollte Euch nur sagen, ein hübsches Maultier sieht eigentlich so gut aus wie ein Pferd, und es scheint mir, wenn ich Euch ein gutes Maultier für Euren Mousqueton verschaffen würde..." – „Gut, also, ein hübsches Maultier. Ihr habt recht, ich habe sehr vornehme spanische Herren gesehen, deren ganzes Gefolge auf Maultieren ritt. Aber Ihr werdet dann begreifen, Madame Coquenard, daß ich ein Maultier mit Federbusch und Schellen haben muß." – „Seid unbesorgt", erwiderte die Prokuratorin. – „Nun bleibt noch das Felleisen übrig", sagte Porthos. – „Oh, das braucht Euch nicht zu beunruhigen", rief Madame Coquenard, „mein Mann besitzt fünf oder sechs Felleisen, und Ihr sucht Euch das beste aus. Es ist besonders eins darunter, das er sehr gern mit auf Reisen nahm, man könnte eine ganze Welt hineinpacken." – „Euer Felleisen ist also leer?" fragte Porthos. – „Gewiß, es ist leer", antwortete die Prokuratorin. – „Aber das ich brauche", rief Porthos, „ist ein wohlausgerüstetes, meine Teure."

Madame Coquenard stieß neue Seufzer aus. Molière hatte damals seinen „Geizhals" noch nicht geschrieben. Madame Coquenard gebührt der Vorrang vor Harpagon.

Der Rest der Equipierung wurde nach und nach auf dieselbe Weise abgehandelt, und das Resultat der Sitzung war, daß die Prokuratorin achthundert Livres an Barem geben und das Pferd sowie das Maultier liefern sollte, die Porthos und Mousqueton zum Ruhm tragen sollten.

Als diese Bedingungen ausgemacht waren, nahm Porthos von Madame Coquenard Abschied. Die wollte ihn wohl noch mit zärtlichen Blicken zurückhalten. Porthos aber schützte die Forderungen des Dienstes vor, und so mußte die Prokuratorin dem König also den Vortritt lassen. Mit abscheulichem Hunger kehrte der Musketier in seine Wohnung zurück.